B

一个人
是一座岛

水木丁

——著

GUANGXI NORMAL UNIVERSITY PRESS

广西师范大学出版社

·桂林·

没有人是一座孤岛

上大学的时候看海明威的《丧钟为谁鸣》，书上说"没有人是一座孤岛""丧钟为你我而鸣"。

当时我年纪还小，内心有很多的孤独感和痛苦，就把这句话理解成了：每个人都是注定孤独的，人和人之间根本没有互相的理解。每个人都是一座孤岛。我喜欢岛的这种悲凉与决绝的意象。于是就用这句话来做我博客时代的博客名字，网站上和杂志上的专栏名以及个人签名。

后来我才知道，这段话的原始出处，是英国诗人约翰·多恩的《没有人是一座孤岛》，它的原文其实是：

没有人是一座孤岛，

可以自全。

每个人都是大陆的一片，

整体的一部分。

如果海水冲掉一块，

欧洲就减小，

如同一个海岬失掉一角，

如同你的朋友或你自己的庄园失掉一块。

任何人的死亡都是我的减少，

因为我是人类的一员。

因此，不要问丧钟为谁而鸣，

它为你而鸣。

因此海明威的小说《丧钟为谁鸣》，讲的是一个美国人为了帮助西班牙人争取自由，参加西班牙战争，最后死在了异乡的故事。它是一个关于人和人之间相互连接的故事，而不是一个人与世隔绝的故事。

如今我已人到中年，依然喜欢说"一个人是一座岛"。只是现在喜欢这句话的原因，和年少时已经不同。这些年笔耕不辍，写了很多文章，除了因为自己真心喜欢写作以外，还有一个很重要的原因，就是我有一群一直在支持我的读者。

我写作的动机，也和年少时大不相同。年少时我总是为了表达自己，让自己显得与众不同而写作。而现在，很多时候我更希望用写作为这个世界做一点事，希望我的文章，能对我的读者有所帮助。特别是当读者告诉我，从我的文章中有所收获的时候，总会让我得到很大鼓励。

也许，我和我的读者，我们每个人都是一座岛。但是在意识的深海之下，在精神与情感共鸣之时，我们之间也互相连接在一起，形成了一片大陆。人也许不认识人，但灵魂认识灵魂。也正是我们在深海之下连接成的这片大陆，让我们能一起抵御很多风雨。

本书收录的一些文章，都是这样写成的。它们来源于生活，又回归生活，是人间烟火，也是人生海海。我用它们来与这世界相连，世界也给予了我温柔的回应。

因此我如今再选择用这句话来做书名，不仅仅因为我们每个人都是一座孤岛，也因为岛与岛是可以相连的。因为人也许不认识人，但灵魂认识灵魂。

参加我葬礼的人

003　我是一枚女作家

006　两个贵州人在东北

014　参加我葬礼的人

021　不要总想着那只粉红色的猴子

026　真美女，不撒娇

029　我是一个文艺青年，我没有田园梦

032　你是你穿的衣服

035　醒醒吧！你不是天才，并不是因为你太正常

041　走啊，一起去洗澡呀

047　人到中年，琼瑶又成了我的偶像

052　打前面来了个老外

060　为什么男人写着写着就不写了？

063　写作表演症

066　没有财商的人

070　容易猝死的人

073　与魔鬼做交易的人

079　读书可以让人老得很漂亮

只要活着，就会有好事发生

085   山是不会走过来的

089   只要活着，就会有好事发生

092   因为理性，所以慈悲

095   谁知道好孩子心里的苦

099   见好，念好

103   空椅子原则

107   不媚俗的代价

110   我依然相信人类是无私并且相爱的

113   滥好人与魑魅魍魉

117   一个"利己主义者"的格局

120   不再嘲笑努力的人

123   剥虾壳留不住人的心

126   有些看上去很叛逆的人，对道德要求更高

130   为什么你爱学习是对一些人的冒犯？

134   有些人嘴上说想发财，但内心是拒绝的

138   为什么有人吃饭总是剩一口，而有人房间总是乱糟糟？

141   小心坏兆头

145   对的人，连呼吸都能提供情绪价值

看见自己，就能拯救自己

151　看懂父母，才能看懂自己的命运

156　性格太宜人，是你职场发展的障碍吗？

160　不要越活越委顿，机会是留给被看见的人的

163　当你觉得人生已经跌到谷底时，你其实还可以更惨一些

168　看见自己，就能拯救自己

173　抱怨，是对自己的诅咒

176　那些青春期没有叛逆过的孩子，后来怎么样了？

181　从讨厌的人身上看到我们自己

184　有时平凡也是一种祝福

188　年轻时我依赖理智，而现在我更相信感情

191　感谢逼你的人

194　就算是 80 岁，也要有少女感啊

197　有一种人生巅峰，叫更年期后的女人

200　突然就理解了张爱玲

203　聊聊女性贫困

206　你帮助过的人，为什么会恨你？

209　为什么有人相貌平平，但觉得自己是大美人？

索求来的爱，填不满匮乏的心

215　不逼婚，也是因为爱

218　如何教男孩子尊重女性

221　一夫一妻制当然也保护了男人

223　不结婚生子，也是一种选择

228　好的爱情，不需要那么多考验

232　女人不想要什么，才是最重要的

235　彼此相爱又彼此喜欢，该有多幸福啊

239　曾经我们爱得像只狗，后来我们爱得像只猫

242　为人父母，没有退路可言

246　没关系，是爱情啊

249　如何识别家暴男

253　索求来的爱，填不满匮乏的心

256　乖孩子的一万种"报复"父母的方式

259　为什么追究原生家庭的问题反倒让你更痛苦？

263　妈宝男的两种经典款媳妇

266　大灵魂是怎么"吃掉"小灵魂的

272　妈妈的孤独，真的不能赖社会

参加我葬礼的人

我是一枚女作家

有一次被朋友抓去参加一个饭局，朋友向别人介绍：这是一位女作家。

一桌子人听到后都礼貌而茫然地向我点头，我敢保证他们既没听说过我的名字，也不知道我写过什么书。但这都不是最有意思的，最有意思的是我朋友对我的介绍。

我这么一个大活人，挺着 C-cup 的胸，傻子才会看不出来我是个女的，但还是会被介绍说，这是一位女作家。而不是，这是一位作家。

我的朋友张莉老师曾经给一家文学杂志做过探讨女性作家的专题，邀请我做一份答卷，其中一个问题是，"是否对自己被定义为女作家而感到介意"。

我回答，不介意啊，功利一些说，如果你的作品因为你是女性作家而得到特别关注并被留下了，其实是你得到的实际好处。

当然，这些都是半真半假的玩笑话。

我其实真正想说的是，作家这个行业，写到死，最后只会成为两种人：你要么是"somebody"，要么是"nobody"。写作者最大的野心，是在这个世界上拥有自己独一无二的名字。

谁要是说不想，那真的就是虚伪。而对于拥有独一无二名字的作家，这些问题都算不上是什么问题。比如玛格丽特·杜拉斯、弗吉尼亚·伍尔夫……她们都是女作家，但人们谈起的，都是她们的名字，这是杜拉斯的作品，那是伍尔夫的作品，她们是作为世界上独一无二的、拥有名字的作家存在的，而不是作为女作家存在的。

张爱玲、萧红经常被人从女性作家的角度来研究，难道因为不想被贴上"女作家"的标签，就不想成为像张爱玲和萧红那样的作家了吗？

人死如灯灭，如果你只是个无名氏，是男作家还是女作家有什么区别？男女还不都一样？

写了这么多年，这就是我现在的想法。这是个残忍的世界。

我爱这残忍。

不过话说回来，我还是曾经认真地跟"女作家"这三个字缠斗了好多年。我默默观察，好像大家都一样，这是我们女人绕不过去的一件事。

曾经有一段时间，我觉得自己解决得不错了，至少在理论上能够自圆其说了。

后来有一次，应出版社邀请做一个活动的嘉宾，同席有一位年长的学者，他引经据典，侃侃而谈。到我发言的时候，我谦虚了一下，我说某某老师是一位男士，对这些方面比较了解，我是个女人，我只能从比较感性和个人的层面来看待这件事……

等我发言完毕，一个小姑娘问我："您为什么要强调您是女性，所以不擅长政治、历史，您这样说是否对女性抱有偏见？"

我忘记了当时自己是怎么敷衍过去的，但是这位小姑娘的提问，让我醍醐灌顶。习惯这个东西，的确不是读些书，接受些新思想，说变就变的。从此，当再需要这种表达时，我都会强调"我"，因为我只是我，我只代表我，不代表所有的女人。

我应该感谢这个姑娘，帮助我在成为一个独一无二的个体的路上，又向前走了一步。

被人介绍是女作家，虽然敏锐感觉到了，但并不像年轻时那样愤怒。不是因为接受了，而是因为不怕了。

当一个人真正成为自己，真正实现自己独一无二的存在价值，他就不会再惧怕任何标签了。

也许最终还是"nobody"，但至少按照自己想要的样子写过，活过。如果因为研究女作家而被人记住，那也挺好。没有的话，也没关系。

两个贵州人在东北

小时候，总希望自己在别人眼中是与众不同的，也曾经为了追求这个花过不少心思。长大后，才知道其实自己是天生的与众不同，只不过当时年龄太小，对很多事情着实不懂。另外，这也不是当年的我所追求的那种酷到发光的与众不同。所以，我对此毫无察觉。

造成这种与众不同的主要原因，是我爸我妈。他们在1949年后分别从贵州老家跟着部队来到了东北，经人介绍相识，组成家庭，生了三个小孩子。就这样不知不觉，他们在东北生活了一辈子。

我父母都不会说地道的东北话，我妈的普通话还标准一点，我爸的乡音就比较重了，一口的贵普。后来他脑出血，半身不遂，语言功能完全退化成了家乡话，表达也不是很利落，有客人到我家来和他聊天，经常需要我在旁边做"翻译"。因此，我小时候的普通话可能说得也有点乱七八糟，总把"暖气"说成"nǎn气"。有一次，我家中午吃了茄子，我跟别人说我家中午吃"瘸子"，我妈听到了，纠正我说"瘸子"是人，不能吃。

不知道是什么缘故，记忆中，他们很多时候彼此在家里说普通话，和子女也几乎都是说普通话。因此，虽然我从小听得懂贵州话，可不会说贵州话，但同时我的东北话也并不纯正，以至于从小经常在街上被问是哪里人。在得知我是本地人之后，好多人都将信将疑，说听你说话可不像。

不仅说话不像，外表也不像。我父母那一代的西南人，个子都不高。当年在东北的贵州人并不多，其中很大一部分是像我父母一样，随部队出来的。其中有一个杨阿姨，和我妈妈最要好，当时我妈偷偷跑出去报名参军，她也跟着去了。杨阿姨是那条街上某个人家的童养媳，天天挨婆婆打，本来体弱多病，部队是不要她的，后来看她太可怜，担心她会被打死，才带上了她。

杨阿姨后来嫁给了在东北的贵州老乡，是我爸爸的同事，和我们家住一座大院好多年。每次来找我妈，把我家门铃按得震天长响，我连滚带爬地赶紧去开门，门口站着一个瘦小干枯的老太太，头发整齐利落地盘在脑后，面容愁苦，一双眼睛又大又亮地看着我。

在东北的贵州人，有他们自己的圈子，和现在离乡的游子一样，逢年过节就会聚在一起。只不过这些人都离开家太早，我妈和杨阿姨都是十三四岁离开的，之后又一直在部队生活，因此贵州的家乡菜其实也不大做得来。

尽管是这样，他们还是很努力地还原着自己儿时的口味，那时候每逢有人从云贵地区过来，或者谁家里寄了酿米酒的酒曲过来，就会给每一家都送到。各家都珍惜地保管好，到了春节前几天才拿出来酿米酒。

所以，在我小时候有关春节的记忆里，父母都是在打粑粑，而不是包饺子。糯米蒸好后，我妈会舀几勺在一个小碗里，撒上一点白糖，拌一下给我吃。我戴着花围嘴儿，双手捧着碗，嘴里又糯又甜，知道又要过春节了。

然而，搜肠刮肚地想做出家乡的味道，也止步于此了。那个年代生活在东北，要想得到千里之外地道的家乡食材，是非常困难的。我爸虽然家境很好，但他在父母身边时可没学过做饭。我妈家里人口众多，她是唯一的女孩，我最小的舅舅排行老九，所以她其实也是没吃过什么好东西的。

于是，这两个人东一榔头、西一棒槌地开始完善和建立起一个"十三不靠"的家庭菜谱。我爸的风格虽然比较简单，但做的饭还算能吃；而我妈其实在这方面非常有天赋，只不过她觉得自己是新中国的女性，一心扑在事业上，在她人生的初期，并未在厨房一展所长。

逢年过节的老乡聚会，人人都要献出一道拿手菜。我妈这个贵州人的拿手菜，竟然叫"新疆帽子"，也不知道她是打哪儿学的，在小搪瓷饭盆底部铺上青红丝、果脯什么的，然后放上糯米蒸，蒸熟后倒扣在盘子里，旁边再撒上一圈白糖，样子就好像非常漂亮的新疆帽子一样。

我妈对这道菜有一种谜一样的执着，以至于我们吃了好多年"新疆帽子"，直到后来她去了美国，我们还能在大洋彼岸感恩节的餐桌上看到这道"新疆帽子"。

我家从来不吃煎饼卷大葱、尖椒干豆腐、锅包肉这些东北家常名菜，也很少做东北炖菜，总是吃米饭多过吃面食。一顿饭要炒三四个小菜，做许多菜都习惯放点糖，我妈学着东北邻居做的酸菜失败率可以达到百分之百，孩子们谁都不爱吃，最后只好都由她自产自销。

我上高中时的一天，早自习前，同学问我吃没吃早饭，我说我早上吃了四个包子才出门的。同班男生都很震惊，我闺蜜接茬说："你先问问她家包子多大。"我当时还挺纳闷。后来我才知道，东北人家做包子，都差不多和我的脸一般大，不像我家的包子，比我的小拳头还小。

后来我离开了东北，常年在外，想念东北菜的概率大概是四五年一次。但我对贵州菜也十分陌生，小时候除了糍粑和米酒之外，其实也没吃过什么贵州菜。大多数的贵州菜，我还是在北京的饭店里和来自天南海北的朋友们一起品尝的。

一个人14岁就离开了家乡，对家乡还有多少了解，对此我是表示怀疑的。但是我爸一辈子的执念都是回家，他14岁离开家，此生里的五十多年生活在东北，但是他没有一天把这里认作过自己的故乡。哪怕是他生病的那几年，他都对故乡心心念念，故乡的水、故乡的山……那山他常常说起，在他的描述中，是那么的巍峨苍翠，我妈有一年去了之后回来说，根本就是一个小土包。

没有方言，没有家乡菜，一个人的成长岁月里，缺少了这些童年记忆，就会成为一个没有故乡的人。小时候，我对我父母的思乡情结是不以为然的，直到有一天我离开了东北，才发现自己无乡可思。

我既不想念东北，也不认识贵州，很喜欢北京，但我不能认它是故乡，它也不承认我。如果有一天，有更好的城市、更好的生活条件让我离开，也好像是无所谓的。不知道这是不是移民子女普遍会有的一种精神状态，生下来就被种上了漂泊的基因。只是我们家里三个孩子都相继离开，毫无留恋，父亲去世后，那里只留下我们家的一所空房子。

人类的复杂，是如此的一言难尽，哪怕还是个刚出生的小孩子，也注定不仅仅是一个小小的婴儿那么简单。有些命运似乎冥冥之中早已被写就，只不过我们不知道什么时候会发生，但是它早晚会发生。在东北时，我谈过一场长达五年的恋爱，男孩家祖上是山东人，迁徙到东北，到他是第三代。他可以算是相当纯正的、传统的东北人了，他的思想也非常东北，整个大家族都常年生活在东北。

后来想一想，当年两个人之间的许多不和，其实与各自成长的家庭文化背景都有关，只是当时哪里会懂得这些呢？即使懂得，也无能为力吧。能调和这样的文化冲突，仅有爱情是不够的，还需要有成熟的思想和宽广的心胸。当年的两个年轻人，我不够成熟，他不够宽广。

我爸去世已经十多年了，我突然变得越来越理解他。有一年，贾樟柯的《二十四城记》上映，整个北京城排片并不多。有一天，我特意去看了早场，那部电影讲的是一个从东北迁到四川的飞机军工厂的故事，除了几名专业演员外，还有很多的素人演员。有一场戏，是在深夜的公交车上，一个大姐下夜班，她是东北人，讲起她离开家乡来到四川这个地方，离开父母之后，好多年都没有回家，没钱，没时间，有孩子，交通不便……窗外的灯光影影绰绰地打进车厢。

我在大姐的沉默里，看到了我妈的影子，突然之间懂得了我的父母。从东北到四川，从贵州到东北，漂泊异乡的游子的思念是一样的，离家万里，再见面已是千难万难。我妈一定也是这样想念着她的妈妈。我也明白了为什么我妈那么久没能回去看我姥姥。原来他们那一代人，都是这样的啊。

曾听过一种说法，一个人的故乡，是他的父母回不去的地方。现在想想，可能也有那么几分道理。虽然我从未把贵州当作我的故乡，从未认为自己是贵州人，也从来没有去过贵州，但是这几年开始有了念头，想找个时间去看看我父母出生的地方。最重要的是，我开始发现自己身上流淌着贵州人的血。

前几年，有部叫作《路边野餐》的电影，是贵州导演毕赣拍的。因为没什么钱，主要演员都是导演自己的亲戚，导演本人也没受过科班训练，拍婚纱摄影出身，所以拍的电影特别原生态。我跑去一看，电影里的人让我有一种看到了我舅舅、我表哥和表弟的感觉——虽然我见他们的次数非常有限。我也看到了我爸妈，还有小时候那些从贵州来的叔叔阿姨。他们身上西南人民的那种很强的生存能力、很想要活下去的生命能量，可能只有像我这样从小在北方长大的南方人的孩子，才能这么明确地辨认出来。

　　我父母身上没有北方人的刚直和干脆，但他们身上有一种遇到挫折和困难也不会轻言放弃的韧劲儿。小时候，我曾经不那么喜欢，可长大之后，发现自己还是继承了下来，并且当在生活中无数次遇到坎儿的时候，是靠着这股子韧劲儿熬了过来。

　　2007年春节，我爸去世，距离他上一次回贵州已经有二十一个年头。在他卧病的十七年里，他一直相信自己有一天一定能回到故乡，然而这样的愿望终究没有实现。于是，我选择待在北京。我在这里碰到了很多生来注定漂泊的孩子，我们都待在北京。

　　后来有一次，我回东北办事，在坐火车回北京的时候，用手机拍了天空，然后发了微博，很自然地写了几个字——"故乡的云"。虽然我对这世界上的任何一座城市，都不会产生像我爸对贵州某个小镇那样深的感情，但离家十多年之后，写出这几个字，仿佛成为一件自然而然的事情。那一刻，我突然想到，也许我爸对故乡的心心念念，并不是因为他真的想要回去，而是恰恰相反，是因为他知道自己再也回不去了。也许一个人真的要在离家万里之后，才会真正找到故乡吧。

也许，故乡对任何人来说，都只是一个梦：你在这里，故乡永远在那里；你在此岸，故乡永远在彼岸；你茫然四顾，故乡永远在远方。

参加我葬礼的人

有一年桃花开的时候，我回了一趟杭州。说来也奇怪，这座城市不是我的故乡，和别人说起来，却会不自觉地用一个"回"字。我花了一整个白天绕西湖走了大半圈，湖边的景色，都是我十分熟悉的，所以我没有拍照，只是自顾自地走，走累了就在湖边坐一会儿，吹一会儿风，然后继续往前走。

傍晚时，我和几个从前报社的同事约在西湖边的一家饭店吃饭。吃饭的有两家人，各自都带来了他们家的小男孩。其中一个叫颜料的同事，是当年我在杭州时的室友，出发之前我们在网上聊天，他说他 2 岁的儿子刚刚被确诊为孤独症，听到这个消息，我真为他担心。

2005 年的夏天，我和当时本来已经谈婚论嫁的男朋友分手了，正好颜料也刚刚失恋，又和原来的合租伙伴拆伙，于是我们便一起找房子合租。那段日子里，我们两个人各怀心事，各自有各自的苦闷。我每天拼命写稿子，拼命接版面，常常工作到半夜两三点。我们做的是周报，报纸不用出刊的时候，我就去西湖边散步到半夜两点，回到家继续关在自己的屋子里，看美剧看到天亮才爬上床睡觉。而颜料则每天关在屋子里打游戏，昼伏夜出，有时候去报社开会和领导吵架，总是吵不赢，一脸愁苦地回来干活，然后继续打游戏。

　　偶尔，我们会一起出去吃火锅，总是认真地讨论着报社的人际关系、各种八卦、报纸未来的发展方向。现在想来，我们说的这些都没有什么意义，也很无聊。吃完饭回来，他会继续打他的游戏，半夜里我睡眼蒙眬地爬起来上厕所，他的门总是虚掩着，我探头进去，他在白炽台灯下戴着个硕大的耳机，转过头来茫然地看着我，好像小时候看过的谍战片里秘密联络员大叔。他这副打扮看上去呆头呆脑的，却让我倍儿有安全感，觉得哪怕有外星人攻打地球都不用怕。

　　有一次，我们叫报社的另一个同事S君到家里来吃火锅，我去买了些羊肉和菜回来，过了一会儿，S君拎着他家的电火锅来了。我们在颜料的屋子里支上火锅，但只吃了十分钟就跳闸了，于是三个人跑出去接保险丝。

　　我们家里没有手电筒，只能借着楼道微弱的感应灯的一丝丝光线照亮。感应灯每五秒就会灭掉，S君只好跑来跑去，不断地人肉感应一下，就这样鼓捣了大概几分钟，颜料手一松，把唯一的一颗螺丝钉弄掉了。我们在地上摸了好半天，颜料把二楼到一楼的每一阶楼梯都摸了一遍，还是没有摸到。

这时已经是晚上九点多，锅还热着，羊肉还摆在桌子上，我们的肚子饿着，进退两难，只好派颜料穿上衣服到街上碰碰运气，看能不能敲开哪家五金店的门，配上一颗螺丝钉。

颜料走之后，我和S君在黑暗中坐着闲聊，聊着聊着，我突然灵光乍现，跳起来跑出去。我蹲下来伸手去摸，楼梯栏杆后面有一个死角，我有一种直觉，螺丝钉就在那里。我的直觉是对的，它确实在那儿。

我们打电话把颜料叫回来，安好了保险丝，接上电，发现楼下的安全闸也断掉了，便又去修那个安全闸。可是我俩都忘记了哪个闸是我们家的，只好凭记忆把电闸拉下来试试，S君负责在楼下看着，每次看到有谁家的窗户突然黑了，就冲我们大喊："不是这个！"

结果，我们从左上角的电闸，一直拉到右下角电闸，这幢楼里所有人家的电闸都被我们拉了一遍，最后一个才是我们家的。我们把电接上后，继续回去吃火锅。现在想来，这三个人可真够混蛋的。

我们当时合租的房子在二楼，楼下是一家饭店的厨房后院，每天炒菜油烟不断，所以我夏天基本不开窗。有一天晚上，我正在睡觉，突然被一阵窸窸窣窣的声音惊醒，我屏住呼吸，听到房间里有小脚丫跑过去的声音，还有拖鞋在地上"啪嗒"一下的响声。于是，我爬起来去敲颜料的门，说我屋子里好像有东西，他和我一起到我的屋里，我们关上灯在黑暗中坐了一会，我问他是不是有声音，他说有，可能是老鼠，但是我们都不知道怎么办，他就又回去继续打游戏了。

我真是害怕极了，只好开着灯，戴着眼罩睡觉，迷迷糊糊快睡着的时候，又听到耳边的窗台处有声音，连忙坐起来掀开眼罩一看，一只大约一尺半长的肥老鼠正从离我一米远的窗台上往下窜，冲我直奔而来，嗖地钻到床底下。我声嘶力竭地大叫起来，在半夜两点的时候，估计吓醒了楼里不少人。

颜料在对面屋子，戴着耳机都听到了我的惨叫，冲过来猛拍我的门。我打开门，告诉他有老鼠，他进屋找了一圈没找到，但我实在是不敢再继续留在这里了，于是只好卷着铺盖在他屋子里打地铺，接着睡觉，他则继续打他的游戏。虽然地铺没有床舒服，可我还是踏实地一觉睡到了第二天中午，这让我这个长期失眠的室友非常郁闷，等我继续这样狂睡到第三天的时候，他终于把我叫了起来，很担心地问我："你没病吧？"

那只老鼠就那样消失不见了。我们从街道办领来老鼠药，撒放到我屋子的各处，把门窗紧闭了三天，又把S君叫来，他和颜料两个人在屋子里一通敲敲打打，把所有的地方都翻遍了，可是它就这样"活不见鼠，死不见尸"地人间蒸发掉了。后来我才知道，这只老鼠之所以能跑进来，都是拜颜料所赐，他经常晚上出门买夜宵时忘记关门，而我白天去报社时没有关我房间的门，那只老鼠就溜进了我的房间。

类似这样的事情他干过不止一次，比如我白天还在睡大觉，他去外地出差，那次他倒是记得锁门了，却忘记我还在屋里，直接把我反锁在家；春节放假回老家，我对他千叮咛万嘱咐，千万别忘记关热水器，但他还是会忘记。合租的房子还没到期，他自己先跑掉了，留下我一个人跟房东交涉各种退租金事宜，最后他还剩下一大堆鞋子在屋里，要我给他寄到北京去。

　　印象最深刻的一次，是我们某个月的电费高达900多元，两个人对着电费单都感到百思不得其解，想不通屋子里到底有什么东西会这么费电。过了两天，他终于找到了答案，冲到我屋里来，指着我头上的一个60瓦的灯泡说："我知道了，就是这个最费电。"我当时很平静地看着他说："你给我出去。"然后他就转身出去了。

　　合租了一年后，我们的报社解散了，我离开杭州到北京找工作，渐渐在北京安定了下来。他则是离开杭州到了北京，再回杭州再到北京，再回到杭州折腾了一大圈，最后还是在杭州留下了。

　　有一段时间，我们经过对方的城市时，还是会争取见一面，一起吃个饭。有一年，他跑到北京来出差，从我这儿借走了一本书，拿去和一个姑娘约会，后来告诉我那本书被坐烂了，要买一本新书送给我。我说上面有我做的笔记，你把书给我寄回来，他就给我寄了回来。那本被坐烂的书到现在我还留着，而那个坐烂了我的书的姑娘，后来成了他的老婆，他孩子的妈。我们在杭州见了面，我很喜欢她。在西湖边的老同事聚会，是我们第二次见面，我还见到了他们的儿子，小朋友的状况也比我预想的好很多，他坐下来，看着我竟然冲我笑了笑，虎头虎脑的样子很像他爸爸。吃完饭分手的时候，我说让阿姨抱抱吧，他很乖地过来给我抱，我抱着他小小的身体，想到这么多年过去，发生过这么多的事，刹那间，恍如隔世。

我本来以为孩子他爹终于过上了安宁的好日子，没想到还有这些事儿在等着他，有些心酸。又回想起有一年的夏天，我们一起走路去报社，我正在讲一件童年经历，颜料突然说："其实你的命运挺坎坷啊！"我听完一愣，说："这就叫命运坎坷吗？"他说："算吧。"我点点头。

这句话给了我很大的安慰。我不是一个喜欢抱怨的人，从小到大，也学会了降低期望，不指望别人会理解自己。但是颜料能够看到这一点，我很感谢他。他这样的人，我后来遇到的也不多。

当时，我们要是知道后来各自会遇到什么人、什么事儿，就会说，这不算，这才哪到哪儿啊，好戏还在后面呢。如今，要是问我觉得这算命运坎坷吗？我会说我也不知道，反正就那样吧。

生活的变迁、地理的阻隔，使我和颜料的来往、联系日渐不像从前那样频繁，但也知道彼此都淡淡地记着。我不大会跟别人介绍他说，这是我最好的朋友，可他明明又不是普通的朋友，后来我想到一个更准确的描述方式——这是我会邀请来参加我葬礼的朋友。我觉得这个说法很合适，就像你离开一座城市，会记得跟谁告别一下。所以，如果我离开这个世界，应该也会告诉他一声："嘿，我走了，你也多保重，再见！"

　　而那些我曾经倾尽所有深深爱过的人啊，我想他们应该都不会来参加我的葬礼，一个都不会，因为我已在他们的生活中死了很久，挫骨扬灰，不必再死一次。

不要总想着那只粉红色的猴子

收到一个高三学生发给我的私信，内容是他们一次月考的语文试卷。卷子里的一道阅读理解材料是我的一篇纪念高仓健的文章，这个同学十分好奇原作者自己做这些阅读理解题能得多少分。我看完题后，回复她说"作者表示不会答"，当时"哈哈"一笑就过去了。后来陆续又有其他参加了考试的同学给我留言，还有同学传了标准答案给我看。为什么作者去做自己文章的阅读理解却常常得不了高分？对于此，我想多说几句；但另一方面，我又认为这样的练习是有必要的。

先讲一个小插曲吧，我打小喜欢《丁丁历险记》，这是其中我最喜欢的一段：

话说有一天，大胡子船长鲁道夫在船上溜达，迎面走来了杜邦兄弟，杜邦兄弟见到船长很高兴，寒暄的时候，其中一个就顺口问船长："船长，您睡觉的时候是把胡子放在被子里面还是被子外面啊？"这个问题一下子就把船长问住了。当天晚上，船长一宿都没睡好觉，他一会儿把胡子放进被子里面，一会儿把胡子放在被子外面，却怎么也想不起来，自己从前睡觉是把胡子放被子里面还是外面来着。

英语里有一句谚语，"Don't think about the pink monkey（不要总想着那只粉红色的猴子）"，意思就是，如果有人对你说，别想那只粉红色的猴子，你就会忍不住总想着那只粉红色的猴子。

这其实是指一种心理暗示。本来你脑子里是没有什么粉红色的猴子的，但如果有人故意跟你说这句话，你的大脑反而会被植入一只粉红色的猴子的形象，即它越是被禁止想起，就越让人忍不住想起。像《丁丁历险记》里的鲁道夫船长，如果杜邦兄弟没有多嘴问他关于胡子的问题，他永远不会那么认真地去思考自己睡觉时胡子到底是放在被子里面还是被子外面。

英国作家戴维·洛奇的《小世界》里面也有一段内容，跟这种心理暗示的原理有点像。小说的男主角是一颗文学研究界冉冉升起的新星，他在参加研讨会时碰到了某著名作家，这位作家已经六年没有新作品了，大家都以为他在憋个什么大招，指不定哪天就出版一本巨作。有一次，作家喝多了，就跟男主角道出了他六年没出作品的实情：原来是有一位学者发明了一种用计算机来分析作家文本的研究方法，也就是我们今天所说的大数据，这

当一个人真正成为自己,
真正实现自己独一无二的存在价值,
他就不会再惧怕任何标签了

在那个年代还是很先进的，而这位作家的作品便是学者的研究对象。

有一天，学者把作家拉到他的办公室，拿了一叠纸给作家看，说这是你的作品的研究结果，计算机分析出来了。你知道自己最爱用的词是什么吗？哈哈，你肯定想不到，是"油脂"，以及"油脂"这个词根的各种形式的衍生词。你知道你最喜欢押的韵脚是什么吗？你知道你最喜欢提的身体部位是什么吗？你知道在你作品里，当男人说话的时候总是以"他说"开始吗？而描述女人说话的时候就丰富得多，会有"喘息着说""呻吟着说"……

于是，这位大作家看完了对自己作品的这些大数据分析之后，被学者彻底给弄废了，只要他坐在桌前，想写点什么东西的时候，就会想起那份该死的研究报告，再也无法坦然地使用"油脂"这个词了，以至于他整整六年没写出东西来。

所以，作为一个作者，我是绝对不会用这样的方式研究自己作品的，这和写作的时候反复打磨、修改文章是两码事。过度研究自己作品文本上的技巧和意义，那其实是在给自己挖一大坑，这种事怎么能干呢？别人挖的大坑，自己也不能往里跳啊。

不过话说回来，对于别人的好作品，我是会这样去仔细研究的，觉得人家东西好，恨不得把他的书拆了，看他在装订缝里藏了什么，甚至买各种研究这个作者作品的理论书来看——哦，原来这家伙喜欢用"油脂"啊。如果见到了对方，还会跟对方提这事儿，站在别人的大坑前补一刀。

所以说，作者和文学评论家之间的关系，简直是怨偶，吵吵闹闹几个世纪，还不离婚，相爱相杀，谁也离不开谁。当然这是另外一个层面的故事了。

戴维·洛奇说："文本在我们面前揭去自己的面纱，但是永远不允许自己被掌握；我们不应费尽心机去掌握它，而应从它的挑逗中获得快乐。"

这就是我做不出以我的文章作为材料的阅读理解题的原因，因为我从来没有，也不可能这么来研究自己的文章。过度研究自己的文章，对一个作者来说，是伤害写作的。作者写作，是负责制造挑逗的快乐和性感。在某种程度上，作者必须和自己的作品保持距离，扑上去把一部作品大卸八块，那都是我们对别人作品干的事儿。

然而，为什么我又觉得归纳中心思想、概括段落大意等这些语文课的练习是有必要的呢？这是因为基础教育阶段的语文课的教学目标，不是为了培养作家的。

我们在日常生活里，在网络上，在工作中，常常会碰到一些阅读理解能力比较差的人，听不懂别人说什么，也表达不清楚自己的想法和需求。这些表达上的问题，其实就是不会最基本的归纳中心思想、段落大意，阅读抓不住重点……而这些阅读的基本功，是在初中、高中阶段，靠训练打下基础的。

很多作家都说自己写东西从不会去刻意想什么中心思想、段落大意，这其实是因为他们的文字表达能力已经被熟练运用到了一定程度。这是每一个写作者的基本功。但这不等于我们的文章里没有中心思想、段落大意，如果没有这些，文章就彻底散了。

基础教育则不同，对于大多数学生来讲，有目的地刻意练习是可以帮助他们提高阅读理解水平和表达能力的。基础语文教育中的阅读理解，目的是让更多的普通学生，在未来的学习和工作中，能够看懂文章，抓住重点，同时能言简意赅、清晰明确地表达自己。这对于许多普通人来讲，是非常有益的训练。

如果你是一个有工作和生活经验的人，就会知道，能流畅无误地读懂文章，写好说明文、议论文的人，更容易胜过很多人，成为职场佼佼者。

真美女，不撒娇

　　这些年身体健康每况愈下，于是我办了健身卡，每天到附近的健身房泡两个小时。写作的人喜欢观察人，时间长了，就发现这是个挺有意思的地方，比如上午在器械区健身的男人以年轻帅哥为主，赤裸着胳膊晒文身，经过长期训练的身体都十分漂亮，我称之为"鲜肉场"。

　　有时候去晚了，过了中午，帅哥们都已不在，整个器械区就渐渐变成了"中老年场"，提前退休的大爷大妈睡完午觉之后开始登场，他们彼此熟悉，边在跑步机上快走边聊天。等晚饭之后，就是忙碌了一天的上班族和学生党，这时候健身教练的课也是最多的，各种瑜伽舞蹈类的操课也开始了。健身房也迎来了大量的女性，年龄大点的都在操房，年轻姑娘在跑步机上狂奔，或者上私教课，在吭哧吭哧地举铁。有趣的是，白天的"鲜肉场"反倒很难看到有漂亮姑娘在健身房，不知道是不是因为姑娘们都不爱起早。

我们健身房是那种在社区里的平价健身房，每个新入会的会员都被赠送一节私教课。健身房不大，没有私教的 VIP 区，所以我常常可以边跑步边看到健身教练们上私教课。渐渐地，我发现一个有趣的规律，年轻的女孩喜欢跟教练撒娇的指数，几乎跟她们的漂亮程度成反比，越是身材容貌特别出众的漂亮女孩，越不会跟教练撒娇；相反，倒是一些身材样貌都比较普通的女孩，会在教练敦促她们做动作的时候，和教练撒撒娇，但也还算适可而止。最喜欢跟教练撒娇的，是有几分漂亮，但还不算是大美女的女孩，每当教练催促她们做动作，就会噘嘴耍赖卖萌；教练帮助抻筋时，就会娇呼连连，让人听着有些不好意思。小伙子们想必也是习惯了，脸上没有丝毫的尴尬，淡定得让人佩服。

这样会撒娇的女孩，通常只会在健身中心遇到一两次，然后就再也不出现了。胖胖的、需要减肥的女孩，会比她们多出现几次，然后也不见了。倒是那几个前凸后翘、身材超好的漂亮姑娘，彻底颠覆了我从前对美女印象。

她们的共同特点是独来独往，不在健身房里跟任何人聊天打趣搞社交，一进来就抓紧时间埋头苦练，跑起来健步如飞，练起力量来一丝不苟。我注意到她们的神色里都有一股劲，是那种带着傲气、冷漠和自信的狠劲。这种狠劲我在我的瑜伽老师身上看到过，她已经 50 岁了，身材比很多年轻姑娘都要好，浑身上下没一丝赘肉，做起动作来像燕子一样轻盈，身体又柔软又有力量。她对学员要求非常严格，绝不心慈手软，常常跟我们说，魔鬼身材就是被魔鬼训练出来的。

人说"十八无丑女"，可是如果一个女人到了40岁还依然漂亮，一定是她对自己够狠的缘故，她一定是一个从不跟自己撒娇，不惯着自己，严格要求自己，绝不放纵自己的女人。

我们在日常生活中看到的这些漂亮女人，往往给人甜美温柔、很会撒娇的印象，但她们在健身房里完全是另一种样子，她们就好像是你高中时的学霸同学，你永远看不到她们在学习，她们永远告诉你没看书，没好好复习，但是每次考试成绩出来，却总是考得那么好。美女们也绝不会告诉你，她们每天要做多少个深蹲，多少个俯卧撑，流多少汗水，才会在40岁的时候还保持着20岁的身材。

事实上，生活中处处都有那些被我们忽视的真相，如果你在电影里看到颓废的帅大叔、随性生活的美阿姨，千万别相信他们表现出来的懒散和随意，他们是下了很多苦功来保持身材和皮肤的。中年人的随性和放纵基本都是慢性毁容，没有例外。电影里又任性又放纵又美丽的中年人，都是演的。

成功的人不把努力挂在嘴边。其实这话对于"美女"也很适用。多年前我曾看到一句关于写作的话，说年轻时写作靠的是天分，写上几十年后，拼的就是人了。现在看来，连外表都也不例外，年轻时美貌靠的是基因和青春无敌，但要想美一辈子，的确拼的是人的毅力和恒心。世间的事大抵这样，为此，我由衷敬佩每一个美丽到最后的女人，她们的美，绝不是靠虚荣支撑的。

我是一个文艺青年，我没有田园梦

身边的很多朋友都有田园梦，但是我从来没有。

有一年参加一家杂志社的活动，和邦妮以及另外两个朋友坐在一桌。彼时正好身边人纷纷离开"北上广"去云南大理这种地方安家或者开民宿，朋友圈里被转发火爆的是年轻夫妻在某座山上建造自己的小家。

那天在座的一个艺术家朋友，也正好刚在北京郊外租下了一片宅基地，打算搞起来，于是我们聊起文艺青年的田园梦。我说了一句，"我从来没有田园梦"，朋友很吃惊。邦妮说，她也没有。

我不知道邦妮是出于什么原因，我的原因是，我这个人在生活上的动手能力不强，人也比较懒散，现在的生活基本上是叫人送水送菜上门，每周找钟点工来打扫。灯泡、门窗坏了，我也不会修，需要在网上找师傅上门。另外，我是相对社恐的人，宁可花点钱，也不愿意去求邻居来帮忙。所以，像我这样的人，可能还是更适合生活在大城市里。

不过我发现，身边的很多艺术家朋友比起我的作家同行来说，确实是更容易有田园梦。我想这可能是因为他们普遍动手能力很强，人也勤快；而且喜欢改空间，有无穷的想象力。还有就是他们的工作性质，干起活来需要的空间更大。不像我们写东西，随便找个安静的角落，有张桌子和椅子，打开笔记本就能够写作了。

还有很重要的一个原因，让我没有田园梦，那就是作为一个从小在城市长大的孩子，我虽然从来没有在农村生活过，但是我深知乡村和城市是两个不同的世界。

我们的国家幅员辽阔，地大物博。一方水土养一方人，在城市长大的孩子，很容易想当然地只看到乡村美丽的风景、怡人的空气，却很少有人会想到，这里也有人的问题，当地人有当地的关系网，有人们自己的风土习俗和人情世故；有胆小怕事的一面，也有胆大包天的一面。

如果你只是到一个地方去旅行，在农家乐住上两天，和当地人发生矛盾的概率相对小一些。但如果想把整个的生活和事业都挪到乡村，比如跑去开民宿，开店或者想搞其他的事业，当涉及经济利益的矛盾时，是很容易吃亏的。

当地人不会理会你是作家还是艺术家，损害你的利益，也不会觉得愧疚，因为对于他们来说，你就是个外人，他们有自己的一套游戏规则。

在这件事上，如果抱着文艺青年天真的浪漫主义理想，最后你会被现实碾压，脸上还会被踩上几脚。

还有一个方面，是社交的需求。

很多人对自己认知不清，嘴上天天念叨着要过隐居山林的清净日子，自以为只要每天看看书，不需要社交，不需要接触人群，也可以过日子。实际上，真的隐居后，根本耐不住那种寂寞。

有段时间，大家可能看到各种公号文章把那种隐居生活描述得十分美好。但我经常觉得这里面有一个悖论，如果写文章的人真像自己说的那样甘于寂寞，那就不会拍照、写文章发到社交媒体上给别人看啊。

其实这世界上，并没有几个人能真的做到神鬼不理、六亲不认。我们普通人，还是需要有共同的朋友，而且跟当地人也不太可能有很多水平相当的精神交流。因此，为了满足社交需求，最后事情往往变成了，要么呼朋唤友地扎堆住到一起去，要么自己能量巨大，搞一座大宅子，当沙龙女主人，经常请朋友过来住。

现代人追求简单的生活方式，但是追求简单的生活方式的那个过程，往往并不简单。我自忖自己能力非常有限，唯一能实现的简单生活，是就地解决，不折腾，尽量蹭城市里一切完善的公共设施、便利条件。

所以，我就不做那个田园梦了。

你是你穿的衣服

写作者特别喜欢观察周围的人。有段时间，我每天上下班坐地铁，就特别喜欢看别人穿什么衣服，然后，在心里判断一下对方的性格，因为一个人穿的衣服往往是一种无声的语言，甚至比他说出来的话更诚实地表达着内心。

比如一个胖胖的姑娘，穿着一身黑衣服，样式非常简单朴素，而她的脚下却蹬着一双金光闪闪的绑带凉鞋，把她的两只小胖脚绑得跟两个小猪蹄儿似的。她可能内心有些为自己的身材感到自卑，想掩盖自己；但另一方面，她又向往着美和性感，因此她把年轻身体里的生命能量，借着一双鞋表达了出来。

再比如，越是年龄大的女性，越是喜欢穿得花枝招展，喜欢鲜艳的颜色。这是因为自身的激素水平已经下降了，所以在潜意识里会强调自己的女性能量。除了让自己的脸色更好看一些，也正是因为身体真的衰老了，需要用一些"多巴胺色"来助力。

而年轻姑娘反倒特别喜欢穿黑、白、灰，或者是非常中性的衣服，让人完全看不出她的身材，她可能是对自己的性能量感到无所适从，对这个世界感到不安，对男性很反感或者不信任，所以想把自己的女性能量隐藏起来，这样穿让她更舒服和自在，更有安全感。

其实从一个人穿什么样的衣服，除了能看出他在职业、文化等方面的态度，也可以看出他对自己的身体、对性的态度。一个人是以自己的肉身为荣，还是觉得它是个累赘，并因为它感到不自信，不安全，这些都是隐藏不了的。不论如何，都会有个态度。

比如总有人说，女生穿着暴露才会招致性侵。其实并非如此，性侵并非总是关于性，而是关乎权力和控制，它的本质是恃强凌弱。一些穿着性感的女孩，因为常给人以对身体自信的感觉，她们性感张扬，有个性，不服从，看上去很不好欺负，所以未必会成为性侵的对象。

很多人不知道，其实在不少男人的潜意识里，对女人的性能力有些畏惧。因此，太性感的女人会让一些男人望而却步。反而是一些穿着特别朴素和保守的女人，因为看上去好控制、好欺负，容易被盯上。

现在网红中流行"好嫁风"，即衣服的风格尽量不暴露，但曲线毕露；同时，降低衣服颜色的饱和度，在展示女性魅力的色系基础上增加灰度。就是女人既想向男人展示性感，又想表达自己是没有攻击性而采用的风格。

再比如，有人调侃早期的程序员都喜欢穿格子衬衫。其实仔细琢磨，你会发现其中隐喻也很有趣。格子衬衫刚在国内流行时，是和美国文化中的西部牛仔联系到一起的。我还记得那时上大学，大家都是穷学生，男生女生都喜欢穿格子衬衫。在我们的青春里，格子衫是一种不羁的表达，是青春的象征。后来大家走上社会，都有了不同的社会身份，也各自换了着装。只有搞程序的这些男生，对身体的表达还停留在当初青春期的阶段，还在热爱着格子衫。

所以看人穿衣服，是一件非常有意思的事，绝不只是好不好看那么简单。

人如其衣。如果谁觉得不是，那只是因为他不懂得怎么去看懂人的着装之道罢了。

每个人都在表达着自己，许多表达，未必会让别人喜欢，也未必会让所有人都同意。说话如此，穿衣也是一样。但有一点是可以确定的，穿衣这件事，是我们个人生活中的一种表达自由。我们没有立场去干涉他人，你可以不喜欢别人穿什么，但是不能不让人家穿。

醒醒吧！你不是天才，并不是因为你太正常

　　我很喜欢读作家和艺术家的传记文学，但作为一个挑剔的读者，想要找到一本好的传记文学作品并不容易。一部好的传记文学，常常不仅要看写的是谁，还要看谁来写。如果传记文学作者是记者、作家或者艺术家，同时又和传主本人有着一定的私人关系，就比较有可能写出一本经典传记，可以有第一手资料，这个优势自是不必说。此外，传记文学作者本人最好也是个作家或者艺术家，这只是我个人的偏好，不过这偏好倒也不是空穴来风。我曾经兴致勃勃地读《孤独的猎手：卡森·麦卡勒斯传》，读到一半，就被作者搞得失去了耐心。

　　卡森·麦卡勒斯是一个非常有魅力的女人，但是这本传记的作者实在太缺乏艺术家的魅力了。可以看得出，这位一辈子搞文学研究的女士是深爱着卡森·麦卡勒斯的，也许是因为太深爱了，

所以她太过用力地追求冷静和客观的描述，细节铺排、事无巨细的繁复陈述到了没有节制的程度，而且她本身又过于严肃，诗情和才情匮乏，语言缺少高潮和亮点。也许她的确客观陈述了卡森的生平，却并没有能力抓住麦卡勒斯的魅力。当然，这和搞创作与研究的人的思维方式不同，也有一定的关系。

我当然还是把《孤独的猎手：卡森·麦卡勒斯传》给看完了，不管怎样，虽然作者缺少才情，可基本上还是一本资料扎实的书。更何况在写传记文学时，传记作者常常会不自觉地用仰视的视角，这本身就是一个很难解决的问题，这本书的作者在这方面至少有作为学者的严谨的自觉性。

相比之下，我最不能忍受的是一些传记作者喜欢用诸如这样的描述——"天才都是疯子，他们之所以有伟大的成就是因为他们有病"，或者强调"这些了不起的人，他们的生活常常是一团糟，道德也有问题"等等，来解读这些伟大的作家。因为这种看似平等的判语，其实也不过是另一种仰视而已；而且会制造一种自欺欺人的假象，毕竟这是平庸的大众最想听到的，是自我安慰的最好方式了。

天才的魅力到底在何处？为什么他们如此疯癫，不靠谱？为什么他们生活穷困潦倒，甚至是道德败坏，满身缺点，但人们依然爱他们？

对于这样的问题，我也曾一度百思不得其解，直至读到埃里克·霍弗的《狂热分子》中的这么几句话："人们会感到厌烦，主要是他们的自我让他们厌烦。意识到自己生活的贫乏和无意义是人们厌烦感的主要来源。""只有从事创作或得为三餐糊口的人才不会有烦闷感。"我恍然大悟，天才的巨大魅力，不是来源于其他，而正是来源于他们非凡的创造力。他们让我们这些平庸的人嫉妒的是，虽然他们可能身体有疾病，生活一团糟，穷困潦倒，虽然他们也会承受巨大的痛苦，但是他们那痛苦的生活，并不是无聊和烦闷的生活。

无聊和烦闷，它们轻飘飘的，看上去没什么大不了，但就是那种生命中不可承受之轻，是无论过什么样优渥的生活，和谁谈恋爱，花多少钱，也解决不了的问题。正因如此，有时人们依然对那些充满创造力的天才感到羡慕或者嫉妒，虽然明知道他们的生活过得可能并没有普通人舒适，未来也没有那么安稳，但他们的生活的确比普通人的生活有意思得多，也有意义得多。

人们常常并不知道自己心怀妒意，当需要缓解因缺乏创造力、过着烦闷的生活而在自己内心引起的自卑感时，有时会故意去曲解和误读。

有一次，我看到某个书评人用长篇大论的文章来论证陀思妥耶夫斯基、弗吉尼亚·伍尔夫之所以成为天才，与他们患有癫痫病有关，伍尔夫幼年时还有被性骚扰的经历。这其实纯属是一派胡言。

要知道啊，全世界每一千个人里就有五个癫痫病患者。据1983 年的数据统计，中国癫痫病患者的最低估计数字就有 500 万，更不用说在全世界范围内有多少癫痫病或者其他精神疾病、性骚扰的受害者了。在这些人中，又出现了几个凡·高、陀思妥耶夫斯基和弗吉尼亚·伍尔夫呢？

天才之所以是天才，是因为他们拥有非凡的创造力，这是上天的恩赐，而不是癫痫病的礼物。癫痫病不等于创造力本身，没有创造力的普通癫痫病患者，他们成为不了凡·高或者伍尔夫。其他的心理疾病患者也是如此。

至于经常被提起的道德问题、生活能力问题等，这也是普通人用来拉近天才和凡人距离、平衡心态的一种手段。虽然这些和创造力同样没有关系，但是对天才的这些负面批评，多少可以给平凡人提供一些心理暗示，给因为缺乏创造力、终日过着烦闷生活的自卑的灵魂一点安慰。有些传记文学的评论家喜欢这样说——是因为平凡的人们需要看这些而已。

这也是为什么我会比较喜欢作家、艺术家写的传记文学。那些从事创造性工作的人，往往最能理解创造者的非凡魅力，因为往往是这样的人，才能抓住被书写对象的灵性之光。就像《伍尔夫传》的作者昆汀·贝尔是伍尔夫的侄子，他让我体会到了和一个非凡的、有创造力的天才生活在一起，到底是一种什么感觉。那些有创造力的人，他们的灵性是从骨子里散发出来的，所以不仅仅是他们的作品，他们的个人生活常常也同样充满魅力、灵光和幽默感，他们是有趣、有营养、妙语连珠的人。

他们也许会给身边的人造成麻烦，但是他们的人格魅力，也同样照亮了身边的人烦闷无聊的生活。和天才生活在一起，并不像很多人臆想的那样，需要没完没了地承受痛苦，无私奉献。正如伍尔夫家的印刷工人所说，看到伍尔夫赤着脚，穿着棉布长袍走下楼来看他们干活，像看到了天使。

这才是那些天才的家人和朋友会选择忍受、爱他们的原因，自己平凡的人生被他们照亮了，那也是一种巨大的幸福。而我们这些读者，在阅读这样的传记的过程中，仿佛跟这些了不起的人待在一起一样，也同样体会到了这种被照亮的幸福。

最后，想说一下我理解的疯子和天才之间的关系问题。在我看来，人是天生就有创造力的，只不过上天赐予每个人这种能力的大小不同而已。当我们还是孩子的时候，我们天生会跳舞，会画画，只是后来长大了，我们大多数人的这种天生的能力，被社会化的学习给扼杀了，因为它们看上去没什么用。

那些疯狂的天才，也并不是因为他们的疯狂才具有创造力的，而是因为他们本来就有天赐的创造力，但是因为疯狂，他们无法被社会教化，使他们的创造力得以保存了下来而已。

所以，毛姆才会说，天才不过是最正常的人类。

在日常生活中，我们很多人都希望去写作、画画，这是我们每个人原始的创造欲望，它虽然被社会压制了，但还是在蠢蠢欲动。这也是我读《伍尔夫传》的感受，它让我看到了与我不同的另外一种生活的魅力所在，让我知道人生虽然要经历很多痛苦，但是它特别有趣，特别值得探索下去，好奇下去。而不是看完书自欺欺人地说，看，那些人都是疯子，我没有成为他们是因为我是一个正常人，所以我就应该继续缩在壳里，畏首畏尾地生活下去，这才是正常的。

这样的传记文学作品，才是最好的，它给予我们的，是勇敢创造、勇敢生活的力量。一个传记文学作家或者评论家，在自己不从事创造性工作的情况下，却每日在这些伟大的创造者中徜徉，他们需要先克服自身的自卑和妒忌，走出自己烦闷的生活，才有可能真正接近那些伟大的灵魂。

走啊，一起去洗澡呀

前几日，我坐了两站地铁回到原来住的劲松去洗澡，发现街角那家我常去的洗浴中心关门了，内心非常失落。这家是我到北京后遇到的性价比最高的洗浴中心，有两个手艺绝佳的扬州搓澡师傅。当初我住劲松时，每次遇到不开心的事就去洗澡。两个搓澡师傅都是非常温婉的扬州女子，手法温柔又细腻，不像我们东北的搓澡师傅，好多只会使蛮劲，有几次甚至把我搓到受伤。离那儿不远还有一家特别高档的洗浴中心，我也去过，硬件确实很高档，但是师傅的手法感觉没有爱，比那两个扬州师傅差远了。

通常我都是做一整套的推奶加蜜，一个澡洗下来要两个小时左右，从心灵到身体都超级治愈。洗完澡，晚上钻进被窝，整个人会觉得化成一摊水，脑子里想不通的扣，一节一节地被松掉；皮肤滑溜溜的，感觉自己宛如杨贵妃转世。

附近住的北方人也都知道这里有两个好师傅，经常拖家带口地来洗澡，有的是母亲带着年轻的女儿，有的是中年的女儿带着年迈的母亲。不知道这家浴池搬走之后，她们的洗澡问题要怎么解决。

每到春节前夕，小浴池总是人满为患，必须得排队叫号才行。常常早上九点进去，下午一两点钟才能轮到。老顾客就过来先排个号，然后去买菜的买菜，吃饭的吃饭。有一次，好不容易轮到我，已经是中午一点了，那个搓澡的大姐一直没吃饭，我就叫她先去吃饭，我可以等。后来，我搬离了劲松，过了很长时间才去一次，她说："你好久没来了呀。"我说："你认识我啊？"她回道："你是去年春节让我先去吃饭的那位客人。"

现在全中国都知道东北人把洗澡这件事搞得很复杂很奢侈，这其实是有历史原因的。在我的童年印象里，洗澡是一项艰巨的工程，因为那时候家里不能洗澡，所有人都要去公共浴池。浴池很少有商业性质的，通常都是国营单位自行负责承办，单位会给员工发放洗澡票。

一般比较大的国企浴池，条件是最好的，常常是附近几个街区的人洗澡的首选。去洗澡的人要先把自己的鞋脱下来，交给看澡堂的工作人员抵押保管。工作人员会发给你一双拖鞋和一套锁匙，等洗完了澡出来，再把拖鞋和锁匙还回去，取回自己的衣物。工作人员再把拖鞋和锁匙给下一个洗澡的人。

那时有很多双职工家庭，国家还没有实行双休，平时浴室开放时间和所有工作岗位一样，因此大多数人得到了休息日才有时间去洗澡，这样难免从早上就开始排队。赶上节假日，当妈妈带着搪瓷盆、洗漱用品、换洗衣服，把孩子拖到浴池门口的时候，更是队伍早已排出了大门口。但是大家都知道下周来也还是一样人多，于是都咬咬牙，铁了心留下。

每一次掀开门帘，刚刚洗完澡的年轻女子施施然走出来，红扑扑的脸蛋还散着热气，湿漉漉的头发，浑身散发着干净好闻的香皂味儿。在众人瞩目和期盼下，不紧不慢地还拖鞋，还钥匙，越发看得外面正在排队的人浑身发痒难耐。

好不容易进了浴室，通常大人会放孩子自己先去玩一会儿。孩子们有的是同学，有的是邻居，反正原来不认识的也都赤诚相见地认识了。大家都跑到泡澡的大池子里玩假装自己会游泳的游戏，其实是用手扶在池底，身体浮在水面上趴着。过了一会儿，大人洗完了，就开始一个个地把自己的孩子从池子里拎出去洗。

考验母女关系的时刻到了。我最初对搓澡所怀有的深深恐惧，全都来自我妈。她每次给我搓澡，都会手裹毛巾，一边恶狠狠地搓，一边嘴里念念叨叨地数落我："你看看你脏得都成泥人儿了。"我一边被她搓得鬼哭狼嚎，一边扭着身体四处躲，幼小的心灵深深地怀疑这女人可能不是我亲妈，不然干吗这么"恨"我，非要置我于"死地"。后来看《还珠格格》里的容嬷嬷拿针扎紫薇的那个名场面，我就会想起当年我妈给我搓澡时的场景。

但是我妈从来不这么想，她总是会唠叨我身在福中不知福："要不是亲妈，谁会这么伺候你啊。"她还希望有人给自己搓澡呢。

后来我渐渐长大，再洗澡时，我妈开始让我给她搓背了。她很大岁数才生下我，到了我能给她搓背的时候，她已经50多岁了。她总是指指点点地让我这边用力一点，那边再来几下，最后把我搞到不耐烦为止。我一直都记得她湿漉漉的背，这就是孕育了我的身体。如今她在国外多年，我们已经很久没有一起洗澡了。

东北人对身体的态度是豪迈和开放的，人和人之间的界限也没有那么分明，我始终认为这和东北人洗澡的方式有那么一点关系。比如当年浴池少，淋浴头也少，但是洗澡的人总是多，所以经常好几个人合用一个淋浴头。素不相识的陌生人，赤身裸体地在一起，身体碰着身体，也很难过于讲究。

为了抢淋浴头，吵起来是经常会遇到的事，但更多的时候，大家还是有商有量的。对于小孩子来说，"你敬我一尺，我敬你一丈"的社会化教育是从这种地方开始的。等有一天你长大了，可以自己去洗澡了，那就意味着你可以自己去社交了。如果你一个人去洗澡，甚至可以请和你一样落单的陌生人与你互相搓背。我当年帮别人搓过背，也请别人帮我搓过背。跟着大人去洗澡，这也是从小就觉得天经地义的事。

后来我离开东北，先到了南方，再辗转落脚北京。在北京这样的城市，人和人之间的界限感非常强，除非十分亲密的关系，人是不可以不经同意就去碰触他人身体的，哪怕是亲密的好朋友。随便搭肩勾手的都很少，我也习惯了这样。写下这篇文章时，会想起小时候曾那样在人与人的亲近距离下生活过，感觉很遥远。

现在北京比较日常的洗浴中心越来越少了。如无特别想放松一下的心情，我也很少再到洗浴中心去洗澡。洗澡这种事，也是丰俭由人的，离家久了的人，渐渐也就从原来的生活习惯里慢慢脱离了。有一次回老家长春，火车快要进站时，车上的广播介绍说长春是著名的洗浴之都，洗浴文化盛行。我忍不住笑了。洗澡算是文化吗？我想算的吧。毕竟一个人对身体的态度，有时候也会反过来影响一个人的内心。这也是存在决定意识。

有一次和一个四川的朋友聊天，当他知道我们东北人打小都是去公共浴池洗澡，陌生人之间赤诚相见的时候，他说自己长这么大都从未去过公共浴池，觉得把身体暴露在陌生人面前会很尴尬，还让人碰自己的身体，天啊，那简直是太可怕了。

于是，我明白了为什么有一次在洗浴中心，两个穿游泳衣的小姑娘看到一屋子裸体女人在眼前晃来晃去时，眼神会非常的惶恐。和我的四川朋友一样，我小时候也以为全中国都是像我们东北人这样洗澡的。

1997 年，我第一次去上海住了一个星期，满世界地找不到一家洗浴中心。当时就觉得，上海有什么好，连个像样的洗澡的地方都没有。从小在南方长大的人，是很难理解北方人为什么会花那么多时间，那么正式地去洗个澡的。

我有一个同学，她老公也是四川人，有一年她家附近开了一家大型连锁洗浴中心，给附近居民发免费的促销券。开始的时候，她老公说什么也不陪她去，后来架不住社区的年轻邻居们都张罗，只好随着结伴去了，从此领略到了东北洗浴文化里享乐主义的精髓，一发不可收。就像我同学总结的那样，这种事一旦尝试过，就是一个不可逆的操作。

平淡生活中所有有仪式感的事情，都是从过程艰难和耗费时间精力太多开始的，也许因为没有别的办法，所以人们最后不得不学会去享受它，渐渐赋予它更多的功能和意义。在我离开东北的前几年，大家生活质量都提高了，各种消费场所都建了起来。东北一年里有四五个月是冬天，每年的最低气温都会达到零下三十度左右，所以冬天的娱乐项目大多是在室内。其中最常见的一项，就是一家人或者三五好友相约去洗澡，洗浴中心还有自助餐、打麻将、看电影、修脚、按摩等一系列项目。

那时候，东北的朋友请客，不仅是请你吃饭，还可以请你洗澡。这些年我每次回老家，如果有时间，一定会去洗个澡，每次都能发现又有了新花样。

有一年我和几个好朋友一起去重庆玩，第一个项目就是一起去泡温泉。写这篇文章的时候，我突然想起，自从离开老家，我已经一个人洗澡很多年了，就算是回老家，和朋友们也都只是一起吃吃饭。少年时和我一起去洗澡，以为将来成为妈妈之后还会带着孩子一起洗澡的朋友，早已天各一方，再无交集，可能现在家乡的小姑娘们，也不会再和我们当年一样，相约着一起去洗澡了，毕竟时代变了。许多你曾经以为永远不会改变的生活，都只留在了记忆中。

人到中年，琼瑶又成了我的偶像

有一次和吾友黄佟佟老师聊起作家的写作和身体健康的关系。黄老师说我们都认识的一位前辈，因为身体不太好，一直只能写写八百字以内的专栏文。我俩的一位共同的朋友，已经离世的沈熹微也是这样，她生前体弱多病，始终无法写长篇小说，身体最好的时候，也只能写写几千字的微型小说。

好多人都会觉得写作是一种纯粹的脑力劳动。其实并不尽然，脑子这东西是越用越灵光，但是长期伏案写作，让身体亏得厉害，才是我们这一行的人谁也摆脱不掉的烦恼。身边写作的朋友们，大多数都是腰椎、肩颈、眼睛有点问题。这些是能看得到的问题，还有一些看不见的，比如说一部作品就像一个人一样，总要有一股子内在的真气定在那儿，才是好作品。有时候体弱多病，这股子真气没了，写出来的文章，也非常容易涣散和颓废。

读书、写作日久的人，几乎都能练出一种从一个人的文字中，判断出他身体状况的能力。写作者个人的身体状况，常常会直接影响到他的作品。村上春树常年跑步，身体很好，他是 1949 年生人，至今仍然新作不断，且都是《IQ84》这样大部头的作品，如果没有一个长期锻炼的好身体，根本不可能完成那么大的工作量。

我出过一部长篇小说，在创作的时候也同时在健身，当时整个身体状态都非常好，写作时自然而然地会写出一些长句子和大段落。黄佟佟老师读完后说，身体真不错呀。这是我们写作者之间才懂的。这本书出版后，有读者评论读起来非常爽，这说明这个读者的身体也是不错的。作者就像一个马拉松领跑的运动员，身体好的读者完全跟住了作者。当然，也有读者跟不上的，有些年轻朋友自己说话气息都不稳，念不了长句子。

还有一类作者，会在他的作品中短暂地迸发出一种热情，但是热情不等于有结结实实的生命活力。热情爆发之后，就耐力不支，戛然而止了。这类作者也写不了长文。

在生命活力这件事上，所有的中文女作家里，我最佩服的还是琼瑶奶奶。

2019 年，琼瑶的丈夫平鑫涛先生去世。琼瑶写过一篇悼文，我看完后非常吃惊，在心里默算了一下她的年龄，不禁心生感慨。当时她已经是 81 岁的老太太了，还能写这么长的文章，这么多的感叹号，这么多的排比句。

这篇悼文发表之后，琼瑶受到来自中文网络的各种批评，她的热情洋溢被很多年轻人嘲笑，觉得都已经是 81 岁的老奶奶了，丈夫去世，你不表现得凄哀悲伤，还有工夫在那写当年谁先追的谁？

可是我非常羡慕她，81 岁了，还能这么不服输，不服气，还这么爱辩论；写出来的文章，还这么中气十足，这身体可真是好啊。

人年轻的时候，谁不是活得劲儿劲儿的呢？年轻啊，生命力苗壮，荷尔蒙旺盛，感觉浑身有使不完的劲儿，才会这么较劲儿。为啥人年纪大了，就都变慈祥了呢？一方面当然是经历多了，心胸宽阔了，很多事情看开了；但另一方面，不得不承认的一个事实是，没有多余的力气了，争不动了，都开始混养生圈了，很多事能算了也就算了。

这世界上像你我这样的人是大多数，像琼瑶这样一辈子都活得这么有劲儿的人，才是人间少见。

琼瑶的书也好，影视作品也好，都是情感能量爆炸式输出的作品，我也曾一度和大家一样，觉得这样的作品艺术水准并不高。但这些年，我改变了一些想法，也许这种蓬勃的生命能量，本身就是一种魅力。不然，琼瑶的作品也不可能风靡这么多年。毕竟总写这些咆哮怒吼、大哭大闹，首先得作者本人的身体好，才扛得住。琼瑶自己就是这么个有旺盛生命力量的人，才能写出这样的作品，就这点来说，她的作品和她的人是非常和谐统一的。

我们常常评价某个人，特别是女性，太争强好胜了，太有攻击性了，听上去好像不是很好。但是你反过来想想，有的人看上去特别能折腾，其实是因为他身体里的生命能量本来太足了，必须得找渠道去释放；而有的人与世无争，也不仅仅是因为他修养更好，而是因为他本来就没那个力气。

琼瑶写给平鑫涛的悼词说："从今以后，我要活得快乐，帮你把过去三年多的痛苦一起活回来。""你若有灵，保佑我在有生之年，只有笑，没有泪，活得像火花。"好多人读到这些文字时都没意识到，这是一位81岁的老人在展望未来，谈论新生活，这是一种怎样的活下去的劲头啊。

这种到了81岁还兴冲冲地活下去的劲头，真是让我羡慕极了。对于像我这样一个身体很一般，要靠健康饮食、不断健身来续命，外出应酬一下身体都只剩一格电，必须回家宅两天才能休息回魂儿的人来说，我真是太佩服这种天生蓄电能力就可以实现超强待机的人了。

而且，我发现很多事业成功的人，归根到底，首先是在身体素质上就天赋异禀。

我的另一位偶像玛格丽特·杜拉斯。她一辈子抽烟、酗酒，常常好几个月每天晚上大醉入睡。早上起来的第一件事，就是冲到洗手间，抱着马桶大吐特吐，吐完了之后再去吧台喝一杯，醒醒酒。

每当酗酒到了一定程度，杜拉斯就开始戒酒，然后在滴酒不沾的日子里，会写一本书出来。老太太这么祸害自己的身体，还是活到了 80 多岁，一生写了那么多长篇小说，老了还找了个不到 30 岁的小男朋友，和年轻的小姑娘一样，每天和男友吵架，生气。

只能说，像琼瑶、杜拉斯这二位女士这样，是老天赏饭吃。身体好，有蓬勃的表达欲，而且到了七八十岁，表达欲也没有衰败之相。只要想写篇悼文，情绪分分钟能原地起飞，并且通篇洋洋洒洒。不像我们这种平凡的小作家，想写个长篇或者干个大活儿，有必须吃大肉的，有需要先搞起养生的，还有像我这样，需要泡健身房、强身健体的。

我少年时读杜拉斯的作品，只是喜欢看她描写的那些悲欢离合。后来有一度觉得她的作品很肤浅，并且以自己曾经喜欢她而感到不好意思。我一直对她的生命能量没有什么感觉，直到自己也人到中年，再回头看她，才明白这是她的一种魅力。

2023 年的夏天，"琼瑶创作六十周年演唱会"在台北小巨蛋举行，85 岁的琼瑶登台向大家致谢，她不需要人搀扶，手持话筒，腰板挺直，口齿清晰、底气十足地对台下的年轻人说："今天我站在这里，我已经 85 岁了，我要跟你们说，我好爱好爱你们。"

看到这里，我想起地理学家段义孚的那句话："我把生命力当成一个偶像来崇拜。"

打前面来了个老外

　　我和 Sam 重新又联系上了。几年前我偶尔登录一个许久不用的邮箱，收到他给我发的一封邮件，问我近况如何。在此之前，我们失联了好几年，一是我个人生活变化比较大，旧邮箱里已经没有几个朋友，许久想不起来登录；二是当年在东北老家一起玩的一群朋友都各自回国，从此天各一方，消失在彼此的世界，因此也没有想过在遥远的异国，还能有人惦记着你。

　　只有 Sam 一人，回美国后还和我通过很长一段时间的信，后来才渐渐联系少了。我们相约在他下次来中国时见面，我去他住的酒店找他，老友相见，仿佛昨天刚刚互道晚安，各自搭车离去一样，都觉得彼此十几年没见，完全没什么变化。一起拍照片传给我们共同的朋友 Karen，她却说 Sam 变化好大。

　　不得不说，岁月这种东西，真是最怕瞬间静止下来仔细观看。静止下来看，会觉得大家都老了，但是如果对方生动地出现在你面前，一举一动、一言一笑还和从前一模一样，便能让你立刻回到从前，带着时光的滤镜去看对方。你是几岁时候认识眼前这个人的，你对他的印象，就永远定格在那个时候。难怪40岁之后的中年人特别喜欢同学聚会，全有赖于我们脑海里的橡皮擦，具有纯天然的美颜功效。

初认识 Sam 时，他只有24岁，现在已经是两个孩子的父亲。那时候他刚刚来中国，在 Karen 的学校教英文，和他一起过来做交换教师的还有 Marta，一个拉丁裔美国姑娘。我们经常一起约着出去玩，他们千里迢迢地来到中国北方的这座城市，一句中文都不会，人生地不熟，所以对学校十分依赖，开始的时候自然问东问西，诸多不惯。当时我们的城市没有那么多外国人，他们走在街上被侧目，在饭店吃饭被搭讪和围观，和他们在一起时，人们对我们问东问西，诸多疑惑。

我一直以为他们也和别的外教一样，待上一年就回去了，没想到他俩都留了下来。Sam 更是一直在这里待了四年，大家也就一起玩了四年。

最初的时候，他和 Marta 总是结伴出行，互相照应。但不知道从什么时候开始，两个人的关系不好了起来，Sam 是狮子座，Marta 是白羊座，按照占星的说法，狮子座和白羊座是最搭的朋友，可是占星没说，如果这两个星座互相看不顺眼，那真的叫一个直接火爆，周围人简直是天天在看火星撞地球上演。两个人的关系最后恶化到互相比中指的程度。

有一次，我们一帮朋友去夜场跳舞，我因为有事提早走了。第二天 Karen 打电话给我，说幸亏我提前走了，他们在派出所待了一宿。原来在我走了之后，Sam 他们和一群人打了起来，一个男的喝醉了，从厕所出来看到正背对着自己和人聊天的 Marta，就摸了 Marta 的屁股一把，我们这位美国大妞二话没说，扭头就扑过去了。

那时虽然 Sam 和 Marta 的关系已经非常恶劣，但他眼看 Marta 要吃亏，还是毫不犹豫地和另一个美国朋友冲上去，与对方打了起来。最后，警察来了，把他们通通都带走了。Sam 再见到我时，给我看他那天晚上的照片，两个小伙满脑袋是血，举着啤酒瓶，非常亢奋的样子。

我们生活的城市不大，来这里工作的外国人主要是两类人，一类是教语言的外教，还有一类是本地国企请来的外国专家。后一类多半是德国人，他们自成一个社交圈子，平时和外教的圈子交集并不多。在本地教书的所有外教几乎都互相认识，大家来自天南海北，在这个人生地不熟、白雪皑皑的东方城市，也会互通有无，抱团取暖。每隔一段日子，都会有新成员加入，主要是英语国家的，有从澳大利亚来的，有从加拿大来的，但最多的还是美国人，英国人、法国人相对要少些。

跟每个刚到中国的外国人聊天，都会聊到街上对他们侧目的人群，以及不知道怎么点餐，于是什么也不敢乱点，吃了一个月的锅包肉，等等。

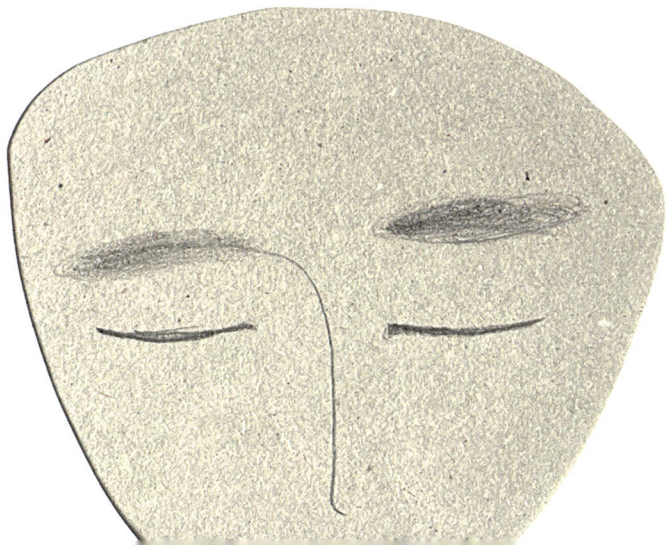

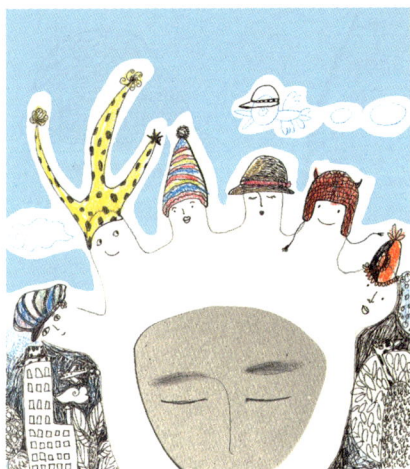

平淡生活中所有有仪式感的事情，
都是从过程艰难和耗费时间精力太多
开始的，
也许因为没有别的办法，
所以人们最后不得不学会去享受它，
渐渐赋予它更多的功能和意义。

Sam 和 Marta 热情好客，每次有新人来到这座城市，他们就请大家去自己的宿舍聚餐。刚开始，我和 Karen 比较实在，让 8 点到就 8 点到，经常到了之后发现什么吃的也没有，Sam 说给我们做汉堡吃，可都 8 点半了才开始慢吞吞地和肉馅。

有一次聚会，我和 Karen 到了之后，Sam 说还要等几个朋友，然后大家再一起去找另一波朋友。我们等了半个小时，那几个朋友来了，一大帮人坐上几辆出租车去找另外几个朋友。到了才知道，原来我们并不在这里吃，而是再接上这波朋友，跑到一个美国老头家里，一屋子二十几个人都到齐了，Marta 才开始做比萨，那时已经晚上 9 点多了。

Karen 小声嘀咕："幸亏我吃饭了。"我说："我也是。"但折腾了这么一大圈，我们其实早已经又饿了。二十几个人最后闹腾到了后半夜，才纷纷告辞回家。

走出来时，Marta 在我身边，我们踏着积雪，到大路上去找出租车。夜空澄澈，她说话的样子，我一直都记得。那时，我有一个谈了很久的男朋友，我们相处得不太好，吃饭时她突然问我："你还爱他吗？"我回道："要看是哪种爱了。"她就笑着说："哦，你已经不爱他了。"我不承认，但她是对的，后来我和那个男朋友分了手。

人们在这座城市来来走走，有的只待了几个月，有的待了几年。我认识的留在这里时间最长的外教是 Wayne，认识他的时候，他已经在中国教了六年英语了。不知道为什么他始终没有回美国，他看人的眼光总是色眯眯的。他曾经邀请我去他家，我拽着 Karen 陪我一起去，他的家干净整洁，布置得井井有条，一看就是热爱生活的人。

Wayne 是一个很好的老师，很有自己的想法，对学生也负责。他觉得很多英文教学的内容不是日常生活中会用的口语，教给大家的都是冠冕堂皇的话，所以他回美国的时候，录了些电影给我们当教学片。Wayne 坚持把台词里每句脏话都给我们解释得清清楚楚，他认为这也是语言文化的一部分。中国学生更应该了解，免得一个老外对你说了很脏的下流话，你都听不明白。

Karen 说，能到这座城市教书的英美国家的年轻人，大多是比较朴实和浪漫的文艺青年。Karen 说的是对的，毕竟在当年，我们那里的生活条件不仅比英美国家差远了，比起"北上广"这些城市的丰富多彩来说，也是无聊很多。

在自己的故乡和外国人交往，是非常有趣的体验，而且受益良多。我所说的受益，指的不是学英语，而是他们总会问一些你觉得习以为常的问题，这让你突然发现，世界并非理所当然地应该这样运转。

Marta 走后，住进她公寓的是一个 50 来岁的老嬉皮 Mikey，他是越战老兵，每日都在喝大酒，总穿着一身过时的发白牛仔服，身上有一股什么都不在乎的颓废劲儿。

Mikey 和 Sam 相处得不错。但毕竟年龄在那摆着，不像 Marta 或者其他同龄人，能和我们玩到一起去，所以我一直和

Mikey 不熟。

有一年夏天，我和 Sam 吃完饭在街上散步，我要去吃个刨冰，他跟着我进了一家冷饮店，要了一瓶可乐，我要了红豆刨冰。我发现他的眼神古怪，就说："你要不要尝一下？"他摇摇头，过一会，我依然觉得他眼神不太对，问道："what？"他说："你们中国人真奇怪，在冰激凌里放蔬菜。"

"这是红豆。"

"红豆就是蔬菜。"

"你们美国的冰激凌里不放红豆？"

"我们只放坚果、巧克力、奥利奥。"

"你可以尝尝。"他把头摇得跟拨浪鼓一样。

Sam 说他刚来中国时，看到红豆和绿豆冰激凌，他都惊呆了，立刻写信给他妈妈，说中国人在冰激凌里放蔬菜。他妈妈根本不相信，还把他嘲笑了一番。后来老太太来中国探望儿子，有一天娘俩走在街上，又提起这件事，争论了起来。Sam 当场买了一个绿豆雪糕，撕开给他老娘看。老太太当场就折服了。

2001 年北京申奥成功的那个夏夜，我们一大帮人正好在一个小酒馆里聚餐。外面突然热闹起来，这时候有人进来，告诉我们申奥成功了，所有的老外都欢呼起来，举杯庆祝。人们纷纷走出家门，举着国旗走到街上。我们吃完饭，走出酒馆，也跟着人群一起往文化广场走。朋友们都喝多了，在半路上，我们又遇到了另一群认识的朋友，他们也是醉醺醺的，大家汇合在一起，继续前进。

沿途上很多队伍在向我们打招呼，我们也向他们挥手。我默默地跟在队伍里，虽然没有那么兴奋，但心情十分愉快，夏天的夜晚是这么美好，空气清新，周围都是兴高采烈的人，这本身就已经足够可爱了。

天下没有不散的筵席。渐渐地，老朋友有回国的，有去其他城市或者其他国家的。Karen后来去了加拿大，她临走前的最后一个国庆节，我和她，还有Sam一起去隔壁的城市玩。

那是一个只有当地人知道的山里小镇，有漫山遍野的红叶、潺潺流水以及天然温泉。最好的温泉属于本地国企下属的招待所，我们选了一楼的三人套间住了一晚。第二天出去玩的时候，Karen崴了脚，Sam把她背回了宾馆。镇上的居民很少，大家都知道来了老外，Sam的中文已经好到可以和人讲价，他热衷于此，两块五一瓶矿泉水，也要跟人家讲到两块钱。居民无奈地笑，但也会卖给他。

第二天一大清早，招待所的服务员突然来敲我们的门，因为一些特殊原因让我们结账走人，我们很生气，按照惯例，我们可以待到中午12点才退房，而且这个小镇要到下午2点才有一班进城的小巴，何况我们的伙伴又崴了脚。

但服务员的态度十分强硬，坚持要我们退房。Sam几乎愤怒了，对着服务员怒吼起来，把那个小姑娘吓得往后退缩了几步，跑了出去。过了一会儿，她又回来说，我们可以留下来，但是必须挪到楼上的房间，把这间房让出来。

我和 Karen 都觉得这算是一个可以接受的方案，但 Sam 听了这个提议之后，坚决不肯退让，他就要待在这个房间里，哪里也不肯去。最后招待所的经理出面，承认他们的做法有问题，并向我们赔礼道歉。

往事历历在目，不能一一描述。Sam 可以说是在我的青春岁月里，交往过的最自信的朋友。中国人常常说"近朱者赤"，我从 Sam 身上感受到的那份自信，其实也渐渐地感染着我，但当时我没有意识到。

有一年春节，Sam 一家人来到中国。我和 Karen 到沈阳他妻子家探望他们，他的一儿一女已经上小学。

我们和 Sam 的妻子 Young 成了好朋友，三个女人聊得热闹，老哥们儿在一旁安静地听着。后来在 Karen 的撮合下，Sam 供职的学校又和 Karen 的学校建立了合作往来。

我们大家已经到了这个年龄，还能够这样重新聚在一起，也许未来真的可以做一辈子的朋友了。那段日子，正是我人生局促、封闭、艰难痛苦的岁月，每每想起大家在一起欢聚的时光，我内心都觉得知足。

谨以此文献给我的好朋友 Sam 和 Karen，感谢青春有你!

为什么男人写着写着就不写了？

　　韩松落老师有一次在微博上聊作家的职业寿命问题。有个女网友评论道："女人只要不喝酒，就还可以继续写。"韩老师回复："所以 50 岁之后还能坚持的大部分是女作家了。"

　　看得我直笑，遂想起有一年在旅途中，和绿妖老师聊了一路女性作家和男性作家写作上的差异。我们一致认为，女性作家大概率会把写作当作一种向内寻找自我、探索心灵、个人成长，以及思考人与人之间关系的途径；而许多男性作家，则希望把写作当作一把剑，用来实现他们向外征服世界的野心。

　　中国历史上的文人还是以男性居多，他们很多人做学问写文章，都不是为了反求诸己，修身养性，而是为了实现建功立业的进取心和野心。所以，中国历史上的文人和知识分子大多会有一个"国师梦"。

　　就连金庸都是如此。他最初去做报纸，一心想参政议政，最后去写了武侠小说，写了一些年，衣食无忧后就不再写了。金庸先生晚年时，中央政府曾就很多关于香港的问题去请教他，邀请他参政议政，也算是偿了他老人家的愿了。

40 岁对很多胸怀大志的男性写作者来说，是一个分水岭。在咱们现在这个创作环境下，很多男性作家在 40 岁之后，如果还没靠写作带来辉煌的社会成就或者很大的经济效益的，或者写出来但出于种种原因，路被封死的，很容易对写作这件事彻底心灰意冷，最后幻灭，彻底放弃。

这几年我身边的好多男作家都不写了，有的去开淘宝店了，有的去养猪了。因为他们写作的初心不能实现，还不如直接去做赚钱的事。

反过来，如果女性写作的目的是探索心灵、认识自我，那么写作这种方式的可持续性就非常强，不太受年龄限制。就我的个人感觉而言，如果一个女人写到 40 岁，没有受到什么客观因素干扰而中断，那多半就会写一辈子了。但从另一方面来说，其实中断写作的女性作家更多，中断的年龄会更早，只是原因有所不同。

当年我们一起写作的姑娘们，有很多有才情的，热爱写作的，但是写着写着，就去谈恋爱了，再结了婚，生了孩子，最后也中断写作了。在读者见面会上，我被姑娘们问得最多的问题就是，怎样坚持写作？

通常我都不知道怎么回答。因为这是一个伪命题，即使前辈作者告诉她再多的理论，再怎么鼓励她，都架不住谈上几场恋爱，有了家庭、婚姻和孩子。

大多数的女性作家如果能写到 50 岁，说明她已经挺过了那个最容易让她放弃写作的人生阶段，她就会选择一直写下去了。

写作表演症

我曾在网上读到一个女读者写给一位男作家的信。女读者问自己应不应该生三胎，结果这位先生斩钉截铁地告诉女读者，一定要生。因为他认为除了国家的各种政策对多胎家庭利好，对自身有利外，她担负着对国家的责任，对全人类的责任。

这篇文章让很多人感到出乎意料。这位先生自己是个丁克，而且曾经是坚定的个人主义者，没想到现在这样劝别人生三胎和迷恋宏大叙事。文章火了之后，另一位老师特地写了一篇文章来批评他，分析他现在的变化。

其实我倒觉得这个人未必是变了，可能从前我们根本不了解人家，或者是他自己也并没有如今这么了解自己罢了。真正让我觉得有意思的，倒不是这位作家的这种观点是否正确，而是一个人在写文章的时候，他心里想象出来的那个读者是谁。

这就像当我们看一幅画的时候，画家本人并不出现在作品中，但是这张画是画给谁看的，在画家本人的潜意识里是有这个视角存在的。

其实写东西的人也一样，每个作者在写作的时候，潜意识里都会有一个读者，或者是一些读者。作为一个写作多年的人，一篇文章是写给谁看的，作者在说这些话的时候，他内心中想象的那个坐在他对面的人到底是谁，我们一眼就能看出来。

而我提到的这封回信，名义上虽说是回复这个女读者的一封信，但其实它更像是一个公开的宣讲。他所说的每一句话，都不是面对给他写信的这个读者的，而是面对台下众多的听众。

我们在读过去一些作家的书信集时，心里会有一种感觉：许多作家给爱人、朋友写回信时，似乎是知道自己的信未来会被人们发现并且发表的。至少他们写信时，都为此做好了准备，因此他们的书信都有一种表演的性质。

现在这个网络时代，是一个全民演员的时代，人人都情不自禁地在表演，人生处处是舞台。作家也不能免俗，随时随地面对着读者，那表演起来就更加容易了。

不过这位作家的这封回信，恰恰让我明白了为什么他这么多年来一直非常受欢迎。他在回信时，心里一直在取悦更多的读者：他们想听到什么，我就写什么，他们想看到什么，我就说什么。读者喜欢我是什么样的，那"我"的形象就是什么样的。至于写信向他求助的那个读者，她的人生，她听了建议后是否能得到幸福，其实他是完全不在乎的。所以求仁得仁，这注定了更多的人会在他的回信中得到一片安慰剂，而写信的那个读者有没有得到安慰并解决问题，根本无所谓。

其实写作这件事，本来就很容易成为一种表演，有人表演我多么有格局，有人表演我多么松弛，有人表演我多么聪明……只不过我们以为书信这种文体不应该如此，但其实它常常是最有表演性的。

从这个角度来讲，倒也没有什么对错之说，全在于写作的这个人，想从写作这件事中得到什么。若你想的是通过写作来见自己，见天地，见众生，那么这种表演心态，对打通任督二脉确实是一个很大的障碍。若你信因果轮回，生怕给别人的建议会造成不好的影响，不愿意背别人的业债，你也会放弃表演。若你只是想通过写作多赚点钱，多带些货，让自己的日子过得滋润，那就会别人想听什么就说什么。

写到这儿，我也想了一下自己的写作有没有表演的成分。可能多多少少也会有一些吧，虽然我自己不知道我到底表演了啥，但都是人嘛，谁能挡得住这诱惑呢。但写作是一个过程，多年写作，因为我们每个人想从写作中得到的东西不同，努力的方向也必定会不同罢了。最后，大家终会在这条道路上渐行渐远。

没有财商的人

作为军人和教师的后代，我从小不知道成功的商人也是需要有天分的，后来我管这种天分叫作财商。

我对财商稍微开始有点概念，是在我离开东北到浙江工作、居住了两年后。我发现江浙人平均的财商水平远比东北人高。比如，我去街边的一家小店买东西，店主五六岁的孩子会出来帮忙，沉默少话，但是算起钱来非常快。这样的孩子在我们北方不多见。

北方的孩子爱说话。有一次坐火车，一个四五岁的小男孩掏出自己的零食分发给邻座的哥哥姐姐，他把棒棒糖塞给我的时候，我说："谢谢，姐姐不吃棒棒糖。"他说："别客气拿着吧，给个面子。"这样的对话，是不太可能发生在一个江浙小孩身上的。

自从那以后，我渐渐地观察到，江浙一带之所以能成为经济发达地区，和它的地理位置、气候都有关系，但有一点是非常重要的，即江浙人多年的经商氛围，孩子从小在这种氛围中长大，这大概就是一种财商的基因吧。就像说东北人都是赵本山一样，我作为东北人没觉得自己说话特别有趣，但有一次和一个四川的朋友聊天，我只说了一句很平常的话，他便笑得前仰后合，说你们东北人说话还真的是有意思。

我没什么大数据支撑，也没经过调查研究，仅仅是个人感觉，即便是普通财商的江浙人，也属于中国人里比较有生意头脑的。

还有两个关于财商的例子。一个是我好朋友的老公，他是香港大叔，大概千禧年时就从香港来内地发展。大叔在孤儿院长大，小时候吃过很多辛苦，所以没什么机会好好读书。但是他的社会经历丰富，一路摸爬滚打，办工厂，做实业，和我朋友结婚时，已经破产过三次。好在他本人勤劳又聪明，最重要的是，他是在香港经历了几次经济危机、房地产泡沫后，来内地创业的，所以他的眼光和见识，对于当时的内地来说是超前的，比如他们夫妻俩只要赚了点钱就在全国各地到处买房……

还有一个例子，当年我学心理学的时候，曾经遇到一个温州的老师。众所周知，温州人都是出了名的会做生意，很少有人选择当心理学老师。他和我聊到家族发展对个人心理的影响，说他们温州人天生就觉得做生意才是正经事，他们全家几乎都是做生意的，只有他决定要做个与众不同的温州人，选择了心理学。

不过大学毕业后，他仍然像许多温州人一样，不愿意去公立医院、机构，或者留在大学教书，他想自己开心理诊所。那时国内心理学刚刚起步，根本没有人认这个东西，他开的心理诊所是私营的，就更没有什么来访者了。于是，他把诊所开到了北京某精神疾病医院的对面。当年公立医院的精神科医生给一个来访者做咨询，一次诊费 50 块钱，只能给每个病患 15 分钟的时间陈述病情，什么精神分析、长期治疗都是不太可能的。后来，这位老师就跟医生们商量好了，让医生把病人介绍到诊所来，等医生下了班，用业余时间给病人做心理咨询。

我一听，这不愧是个温州人啊。

俗话说"龙生龙，凤生凤，老鼠的孩子会打洞"，除了从小生长的环境，家庭背景也是影响一个人财商的重要因素。我妈妈在大学做管理工作，我爸爸是部队的文职人员，两个人都在体制内干了一辈子。我从小在饭桌上听到最多的谈话内容，是我父母分析政治局势，分析政策变化，所以我现在虽然不从事政治，也不喜欢政治，但是我对政治风向还是能够比别人触觉灵敏。

然而关于如何赚钱这个问题，真的是我人生中的一个大 bug。我从小接受的是"万般皆下品，唯有读书高"的教育，所以财商一直很低，后来不知天高地厚地去尝试过几次创业，结果都铩羽而归。

现在自己的思想观念转变了，我明白了不仅仅写作需要极大的天分，其实赚钱也是需要极大天分的；更明白了这是自己所不具备的能力。因此心态也跟着转变了，心思没那么活络了，对自己的人生道路也不再三心二意，只要安心写好自己的东西就好。当然了，随着自己的成熟，在赚钱养活自己这方面，多少会比从前强些，也知道为自己打算了，让自己的日子过得好点的能力，还是有所长进的，但这肯定不可能和人家那种天生财商就好的人比。不过，凡事尽力就好，对于自己不擅长的事，保持在一个心理舒适的范围内就好。

在俄罗斯电影《跳芭蕾舞的男孩》里，小男孩波波是一个狂热的芭蕾舞男孩，一心想在圣彼得堡最棒的剧院演出，可惜比起他的热爱，他的天资平平。在电影的最后，波波自己也发现了这一点，这让他痛苦，但他还是选择了接受现实，没有去做芭蕾舞演员，而是去做了芭蕾艺术的经理人，用其他的方式，实现了自己的梦想。

我们生活在一个容易令人焦虑的时代，大家都想挣快钱，恨不得一夜暴富。生活中听到周遭太多这样的"成功"的故事，也确实会让人的心变得浮躁，容易认不清自己，做事缺少耐心，摇摆不定。

其实人啊，这辈子真的擅长做的事不多，就老老实实地把自己最擅长的事情做好就好了。接受自己并不是无所不能，接受很多事情即便再怎么努力也无济于事。就接受吧，其实真的也没什么大不了。

没有财商的人，就老老实实地做个手艺人、学者、工人、作者……安安分分地做好自己力所能及的事，从自己的实际情况出发，把自己擅长的事做到最好。

其实能做到这一点的人，日子过得也一定不会差的。

容易猝死的人

　　看到一个 1998 年出生的年轻人过劳猝死的新闻，想起了我父亲。

　　我父亲是 2007 年去世的，去世前他患脑出血后遗症，半身不遂整整 17 年。他是 1990 年在北京出差时突然发病的，在那次发病前，他是个身体非常好、精神抖擞的人。他的生活习惯也非常好，从来不抽烟不喝酒，早起早睡，除了有点高血压，需要按时吃降压药以外，身体非常健康，充满活力。但也正因为是这样，他一直对自己"三高"的问题没有太重视。

　　他发病的那天晚上，在外面奔波了一整天，又淋了雨回到宾馆。由于疏忽大意，他忘记了吃降压药就去淋浴了，结果发病倒在了浴室里。

　　我因为很小就成了病人家属，所以对病患的世界有很多观察。渐渐地，我发现一个现象，那就是很多身体突发重病，甚至是猝死的人，反倒是像我父亲这种平时看上去特别健康，身体什么毛病都没有的人。

相反，我从小接触过的另一种长辈，可能打我记事起就体弱多病，隔三岔五地往医院跑，身体不是这里有毛病，就是那里有问题，每天吃好多药，简直是药罐子。可偏偏就是这种体弱多病的人，大家都觉得他们的身体很糟糕，他们自己也天天这么说，却往往都能活得挺长。民间有句老话，"药罐子人长寿，歪脖子树千年"，说的就是这个道理。

像我父亲这样的人，平时连感冒都很少得，基本没有什么重大疾病，身体十分健康，因此他们不太注意对自己身体的觉察，不会去关注自己身体使用的临界点在哪里。他们对疾病完全没有经验和意识，同时意志力又很强大，总觉得生病了自己扛一扛就会过去。反倒是那些老病号，稍微有点不适就马上请假，赶紧跑到医院去续命，回家老老实实地养着。把这样弱不禁风的一条命，左三年，右三年，缝缝补补又三年，就这么一直延续了下来。这几年，每当看到一些年富力强、正当壮年的人猝死的新闻，我并不感到吃惊，因为容易猝死的，其实往往正是这样的人。

像新闻里的年轻人，拼命地熬夜加班，根本不可能想象得到自己会熬不动。年轻人仗着体力好，加了班睡一觉起来，精神抖擞地去上班，晚上如果有人约个饭局，还能再战一轮。他们对自己的健康太过自信了，哪怕是身体已经发出了要崩溃的信号，也会置之不理。

这样的新闻一出来，大家都在讨论"996"的制度是否合理，但很少有人会问一问，造成这样的情况，个人是否对自己健康负起责任了呢？

许多人说大厂的待遇那么高，人人都会这么拼。其实真不是这样的，至少我自己就不是。我是如果一份工作已经到了让我睡不好觉、严重影响我生活的程度，我会为了自己的健康辞职的那种人。所以在职场上我也没啥太大出息，但我也认了。

如果说每个人在面对社会压力时，都要做出自己的选择的话，那么我的成长经历教给我的就是，人穷一点也无所谓，身体健康是最重要的。我不觉得这种观念，比打工人奋力拼搏、努力成功的观念低人一等。毕竟没有了钱，只是没有了舒适的生活，没有了未来的许多可能。但是没有了健康，就没有了一切。

与魔鬼做交易的人

2020 年底传来了韩国著名导演金基德因新冠肺炎在拉脱维亚去世的消息。他是一位令我非常难忘的导演，虽然我并不喜欢他这个人和他的电影。在他去世之后，我还是想了很多。

让你难忘的人，常常并非你喜欢的人，这是很有意思的。金基德的一生，就是那种会让你忍不住好奇"假如这个人这样下去，真不知道会怎样"的人生，现在我们已经看到了这人生的大结局。但是为什么会这样呢？这是我忍不住继续好奇去思考的。

歌德笔下的浮士德博士，是一个和魔鬼做交易的人。但很多人不知道，浮士德其实是有原型的，他是一个生活在 15 世纪德国的真实存在的魔术师和炼金术士。据说因为他太博学多才，所以民间传说他是得到了魔鬼的帮助，才创造了许多的奇迹。

我小时候读《浮士德》，并不理解这种说法，为什么搞创作会被认为是和魔鬼做交易？后来长大，自己也开始写作，才渐渐体会到了这个故事的有趣。

其实我们搞创作的人，也算是常常游走在"魔鬼诱惑"的边缘。大家都知道，文艺作品常常需要捕捉人类的情感，越是伟大的艺术家和伟大作品，越是能准确地捕捉到集体情感。专注自身的艺术家，只能捕捉到自己的情感，而小众的文艺作品则会捕捉到一部分人群的情感。

但是无论你捕捉的是个人情绪，还是集体情绪，所有的艺术家都希望通过准确地抓住自己的情感，利用自己的情感，进行艺术加工，将它升华、凝练、概括出集体情感，然后把这种情感准确地表达出来，传达给受众，在人们的心中引起共鸣。这就是艺术的感染力，这样一部艺术作品就可以不朽。

那么，现在的问题就摆在艺术家面前了。因为这个行当"卷"得厉害，你在捕捉情感，他也在捕捉情感；你表达情感，他也表达情感，谁会被人们看到，并且留在人们的记忆深处？谁的作品能永垂不朽呢？

于是，很多艺术家会因此剑走偏锋求奇招。他们试图下沉到自己更深层的潜意识里，挖掘人类更不为所知的情感，甚至是被人类道德规范所否认、无视、禁止碰触的那些潜意识，从而创作出惊世骇俗的作品。这样的作品当然会更容易让人们感到震撼，并被吸引和讨论，即便这样做对自己的身心有极大的危险，也好过创作那些平庸无聊的作品。

金基德无疑是这类艺术家中的天才，很多人只能躲在一定的心理舒适区中，描述简单和初级的人性黑暗。金基德则是百无禁忌，他的作品带着对这个世界、对女人、对自身深深的厌恶和不加掩饰的恶意投射。而且他是个象征学大法师，他的法术穿透能力极强。他用他的电影作为武器，无差别地攻击每一个看他电影的观众，用震撼人心的黑暗能量，穿透观众锻造的层层心理防备的铠甲，直击观众的心灵。

小时候，我总以为天堂在天上，地狱在地下。后来我才明白，天使和魔鬼，其实都在我们每个人内心深处。天使是我们心中积极的、阳光的、代表着生本能的那种心理能量；而魔鬼是我们潜意识里那些阴暗的、恶意的、把人往下拽的、死本能的心理能量。

艺术家把灵魂出卖给魔鬼，也不是真的到十八层地狱去和魔鬼签合同，而是和自己的心魔达成了协议。他不断去探索人类内心世界中幽暗、深邃的谷底，唤醒内心的负能量、强大的死亡能量，把它们呈现出来，投射到人们的心中。他希望自己惊世骇俗的作品，拥有魔鬼般的力量，会让人们折服于自己，而世俗的成功、钱、性、名望，他统统都得到了。

但是从心理学的角度来说，创作有一个神奇之处，就是艺术家借由自己的作品，向这个世界投射的某种能量，会反过来给艺术家本人造成某种心理暗示。你创作一些阳光明亮的作品，自己在创作过程中会得到一些愉悦的、积极向上的心理暗示；你想深入探讨人性阴暗的主题，则容易导致自己在创作过程中产生负面情绪。

而像金基德这样不断和恶龙缠斗的艺术家，其实是很危险的，他们特别容易被自己的作品反噬。几年前，国内有一个非常有才气的年轻摄影师，他的创作风格也是金基德这一路的。当时他已经享誉国际，身边的朋友都说他非常有才。我看过他的作品后，有一种不祥的预感，这个年轻人，恐怕是会活不长的，因为他的作品里弥漫着一种颓废沮丧和阴沉的死亡气息，而且你能够感受到，他是真的潜到自己情绪的深渊里去寻找灵感。这虽然很震撼，但实在是太危险了。

　　我能感觉到他的生命力已经被吞噬了，因此他的创作力是注定不长久的。这么年轻，就已经失去了创作力，对于艺术家来说，是十分致命的打击。又过了几年，这个年轻人就自杀了。果然在他身后不久，又传出他后期的作品其实抄袭了国外艺术家的消息，只是人已不在，也就没人再追究，不过我听说后并不感到吃惊。

　　一个有天分的创作者与自己的心魔做交易，是很容易创作出惊世骇俗的作品的，但其中有一个悖论，即这种力量感确实太爽了，太过瘾了，果实太丰美了，会让艺术家过于依赖自己的心魔。久而久之，他只要离开了自己的心魔，就无法创作，不知道自己还能表达什么，以及怎么表达。于是，他会有意识地去保存、体会、玩味自己心中的这些负能量。因为他需要借助自己的内心创伤去激发对周遭一切的恨意和恶意，以此获取灵感，因此他会拒绝像一个普通人那样，疗愈自己的内心伤痛。

　　金基德确实是在童年和青少年时代受尽父母的精神虐待，性格十分拧巴，但是不能说这世界对他只有亏待，不曾有过厚爱。他曾经名利双收，曾经被社会认可，他是唯一囊括戛纳、威尼斯和柏林三大国际电影节荣誉的韩国导演。他被年轻人尊重、崇拜，也曾经有过家庭和子女。这些他都得到过，他所憎恶的世界、不断冒犯的社会，不是没有向他释放过善意。

然而问题随之而来，如果你是靠自己心中魔鬼般的力量去得到这一切的，那么一旦你不再憎恨这个世界了，你心中的魔鬼离你远去，那种力量和战斗的勇气也会离你而去，你将从何处获得力量，获得灵感呢？你能否接受自己将变成一个平庸的创作者呢？

因此，依赖这种魔鬼般力量的艺术家，会在潜意识里不允许自己被治愈，他们要坚持向这个世界继续投射恶意，坚持冒犯无辜的人。最后人们也会彻底被艺术家激怒，开始反击和批评他。于是，这又成为艺术家本人认为自己被迫害的一个证据，他会认为之前所有的接纳和善待都是虚伪的，从而更坚定对这个世界的敌意。周而复始，形成了一个恶性循环。

金基德在拍片现场把火球往女演员头上踢，女演员的眉毛都被烧掉了。另一部戏里，女演员演自缢的戏，为了捕捉人濒死的状态，他迟迟不喊"卡"，最后女演员昏厥了过去。他曾在现场当着全剧组人扇女演员耳光，逼演员演剧本上本来就没有的床上戏，最后被法院判罚赔偿女演员精神损失。以至于后来韩国民众再也受不了他了，拒绝进电影院看他的电影。这导致他患上抑郁症和社交恐惧症，跑到深山里住了三年，说"感觉人们真的很可怕"。但他不曾想过，人们也觉得他很可怕吧。

在这样的艺术家身上，我还观察到一个更不幸的现象，那就是冒犯也好，愤怒也罢，走这种路线的创作风格，竟然也是要吃青春饭的。

这很难用三言两语去解释。总之。因为某种青春崇拜的心理，年轻人的冒犯更容易被视为一种新生的力量，更容易被接受。我想这也许是因为他们身体内的能量，让他们的作品本身就有一种生机勃勃的荷尔蒙气息，哪怕是表达死亡本能，哪怕是向这个世界表达愤怒，投射恶意；同时也因为青春本身的魅力，自带生命的能量，让人非常震撼和叹为观止。他们就像是原浆一样的人物，因为青春本来的样子，而分外迷人。

可是肉体终究会衰败，荷尔蒙会减退。人到中年之后，还想原样复制年轻时的创作，拍出来的作品，已经没有了那种纯天然的青春气质，只会让人觉得难看和尴尬。就像一个已经阳痿的老男人，还在叫嚣着要干翻这个世界，却难掩衰老和腐朽的气味，再也没有原来的那种力量了。

所以说文艺创作，如果从心理健康的角度来说，确实是一件危险的事。中国有句老话说得好，"富贵险中求"，创作求的不是富贵，但是敢于冒险的艺术家，的确可能会收获更大。当然了，路要怎么走，都是每个创作者的个人选择。只不过，代价也是要自己付的。

读书可以让人老得很漂亮

我一直对一个曾经偶遇的女人念念不忘。其实我已经记不住她具体的长相，只记得她给我带来的感觉。

那是有一年我在台湾旅行的时候，有一天我和朋友去北投玩，听说那里有一家很美的图书馆，我们就想去看看。因为找不到路，我走进了一家咖啡馆询问，店员却并不知道附近有一家图书馆。当时，一进门的座位上坐着一个40多岁的女人。从我一进门她就看着我，听我询问图书馆，主动走过来告诉我要怎么走。

这个女人，怎么说呢，长得并不是很惊艳，穿着打扮也十分朴素。好似和我一样的游客，牛仔裤，普通的夹克和背囊，但一看就是读书人，让人感到非常的亲切。我从来没有对哪个女人有过这么特别的感觉，虽然是陌生人，但一看到就非常喜欢，感觉好像我们上辈子就认识一样。

我这个社恐，当时竟然产生一种冲动，想和她做朋友。但这实在是太令人难为情了，对于我来说，也是不可能完成的任务。于是，我在向她简短道谢之后，就离开了。这么多年来，我一直记得她给我的那种感觉，令人舒适、亲切。对我来说，这个女人身上的那种令人难忘的魅力，远胜于许多其他年轻的女孩。

后来回想起来，我觉得她的面容非常生动和有魅力。那不是一种美貌，而是由内到外让人喜欢的面相。

面相，就是这个词。有的人长了一张很漂亮的脸，却并不讨人喜欢。有的人刚开始看时，你觉得相貌平平，却越看越觉得美。面相是影响我们的感官对美貌判断的一个重要原因，特别是人到了40岁之后，相貌便开始由自己决定。从前觉得这说法有点玄乎，但是这些年却越来越觉得，这不是一种迷信，从科学的角度来说也是成立的。

几年前，美剧《别对我撒谎》曾讲过，人们的微表情对内心世界真实的表露，是情不自禁的，连自己都毫无意识。也正因如此，一个人的内心世界是舒展的、开朗的、明亮的，还是阴郁的、哀怨的、愤怒的、善妒的，都会有不同的微表情在我们脸上展露出来，不经意间，岁月会在脸上留下痕迹。

当我们年轻时，每个人都是一张白纸，心中无忧无虑，脸上也没有那么多因为喜怒哀乐而留下的表情纹。随着年龄越来越大，我们的内心会渐渐地写在我们的脸上。慢慢地，我们有些人长成了开心的样子，有些人长成了愁苦的样子，有些人长成了愤怒的样子、哀怨的样子、有心机的样子……

所谓相由心生，即是如此。

一个人喜欢读书，如果足够有悟性，通过读书让自己心胸开阔，格局高远，活得通透。这样的心态，当然会反过来影响他外在的面貌。这样说来，所谓"腹有诗书气自华"，其实也并不算是一句夸大其词的妄言。

当然了，打针也可以让人看上去很年轻，很漂亮，但一个20岁的年轻人，眼神清澈，脸上没有皱纹，那是因为他的心也是同样年轻，无忧无虑。然而三四十岁，甚至年龄更大的人，通过科技手段把脸整得一丝皱纹都没有，别人看不到你脸上的任何微表情，那等于不让别人看到你的内心世界。想想看，这样的一张脸，配上一双饱经沧桑的眼睛，是一件多么可怕的事啊。

读书当然不能对抗衰老，不过我们每个人读过的书，也会以某种方式，在我们灵魂深处留下痕迹，写在我们的脸上。

若我们的心灵因为读书而变得从容，那么也确实可以说，读书可以让人老得体面一些，优雅一些，坦然一些，于是外表也就会漂亮一些，可爱一些。

这是每个读书人的附加福利，夫复何求。

只要活着，就会有好事发生

山是不会走过来的

　　我有一个同乡在上海住了很多年。有一次，我们聊起上海和上海人，我说上海是大都市，人们见多识广。他说上海人是既见多识广，同时也有一种画地为牢的局限性。当时我听他这么讲，有些吃惊，也没太搞懂他的意思。无独有偶，我的另一个北京的朋友又给我讲过这么一件事。有一年她在香港时认识了一个男生，那个男生已经快三十了，却连护照都没有，也没有出过国。朋友觉得很奇怪，男生说因为他认为自己不需要到外面去看世界了，香港什么都有，他觉得香港就是宇宙中心。

　　很多大城市，甚至是国际化大都市里常会有这样的人，用波兰作家米沃什的话讲，这就是生活在玻璃缸里看世界的人。

　　大概是 2007 年的时候，我和朋友一起去丽江玩。我发现那里的人身上都有一种奇特的表情，这是一种在热门旅游景点工作和居住的人身上特有的表情，你在北戴河、三亚这样的地方，常常会看到同样的东西。这种表情既有一种见多识广的优越感，又有一种偏安一隅，没见过太多世面的狭隘感。

这两种气质神奇地混合在了一起，我和同行的朋友说，这大概是因为来丽江旅游的人太多了，所以生活在这里的人每天足不出户，就可以看到世界各地的旅客。并且，因为人员流动性大，每天在丽江这个弹丸大的地方，会有很多意想不到的事情发生，人就会产生一种错觉，误以为自己已经看过了整个世界。但这其实并不是真正意义上的见多识广，于是就形成了那种旅游景点的居民的独特气质。

我以为，一个人对这个世界的见识，至少要从两个维度去理解，一种是横向的博闻广见，比如去世界各地旅行，了解不同的风土人情，丰富人生的阅历；一种是纵向的，向自己生存的周遭世界的深处去探索，见自己，见天地，见众生。

通常，人们会习惯性地认为，富人家的孩子一定会比穷人家的孩子更加见多识广。因为富人家的孩子总是有更优渥的条件走出家门，去见识更多的世界，这几乎是穷人家的孩子无法企及的。

可这其实是一种横向的增长见识，从社会纵深的纬度来讲，富人家的孩子从小被养在温室里，没见过人间疾苦，他的见识可能会受限和偏狭，他很可能会对自己的小世界以外非本阶级的人的生活状况，没有丝毫的了解，说出"何不食肉糜"这类的话来。

读书当然不能对抗衰老，

不过我们每个人读过的书，

也会以某种方式，

在我们灵魂深处留下痕迹，

写在我们的脸上。

因此，不管你生活在社会的什么阶层，不管你生活在农村，还是上海、纽约、东京这样的大都市，如果你只活在自己的小世界里，即使这是比别处大很多倍的小世界，它也毕竟是个小世界，就像鱼即便生活在再大的池塘中，也终究不是大江大海。

很多人可能都听过这样的一个故事：一位先知和他的徒弟们云游，他指着一座青山说："你们看那座山多美，我要让它走过来。"徒弟们很兴奋地等着师傅把山叫过来。山当然没有过来，然后先知说："山不过来，那我们就走过去好了。"

如果世界是一座山的话，它是不会走过来的，但对于那些从小生活在大都市的孩子来说，他们成长的城市会举办奥运会、世博会；他们可以轻易看到各种世界上最好的艺术作品，听最棒的音乐会；他们常去的商场里到处是国际品牌，满街溜达着国际友人。他们对大都市的生活习以为常，会很容易以为世界的一切都在这座城市里，会产生一种"山走过来，尽收眼底"的错觉。

这就是米沃什所说的"生活在一个玻璃缸里"。所以说，最限制人眼界的其实是对局限的不自知，虽然有条件有能力去见识更大的世界，却被错觉误导，蒙蔽了双眼。

所谓见世面，就是走出我们认知的小世界，到外面去见世面，只局限于自己的城市、自己的阶层、自己的认知，见过的世面终究是有限的。反过来讲，这也是为什么我们有时讨论问题，会发现一个走过很多地方、经历过很多的人，却依然是狭隘和偏执的。

所以，在哪个地方生活其实并不重要，重要的是一个人如果能明白，山从未走过来，而愿意放下自以为是，谦虚地向山走过去，通过世界的任何一面，见自己，见天地，见众生，他的人生格局，一定会宽阔一些，豁达一些。

只要活着，就会有好事发生

有一次，我的朋友邦妮突然问我："水老师，你为什么活着？"我已经很久没被问过这个严肃的问题了。于是，认真想了想，回答她："其实每个阶段都有不同的原因，现在之所以想活下去，大概是因为很想看看未来的自己会变成什么样子吧。"我想知道命运还会给我些什么，拿走些什么；我想看看未来这个世界是什么样。我有些好奇，就留下来了。比如二十年前，我绝对不会想到我今天会成为一个作家，那时候，我对自己人生的所有设想，就是未来我要结婚生子，找份工作干一辈子。但是命运为我关上了一道又一道门，最后引领我来到这里，成为今天的我。这样的日子不能说有多好，但确实是我二十年前万万想不到的，所以我想再活一活，看看前面还有什么。

回想一下自己在 20 岁时从未想过会发生的事：我从未想过会出书，从未想过成为作家，从未想过会到北京生活，从未想过被这么多人知道我的名字，从未想过成为一个泛神论者，从未想过有一天会不再把爱情看成生命中唯一重要的事，从未想过会交到这么好的朋友，从未想过和母亲的关系会像现在这样融洽，从未想过能够彻底解决原生家庭给我带来的心理上的问题，从未想过和家里其他人的关系会像现在这样好，从未想过自己能够不依靠任何人生活，从未想过可以享受现在这么自由的生活，从未想过成长为大人以后感觉会是这么的好……

　　同样的意想不到，也发生在我母亲身上。我上中学时，父亲就得了重病，母亲照顾了他十七年，直到他去世。这十七年里，我母亲为了照顾父亲，几乎没有任何社交活动，去饭店吃个饭的次数都不超过十次。十七年，她的人生好像静止了一样，仿佛会一直这样保持下去。但在父亲去世之后，她搬去美国和我姐姐同住，那个70岁的老人，自己坐飞机从中国飞到美国，中途还在日本倒了一趟飞机。现在她给我打电话，经常讲她在美国的见闻、调查研究的感想。她从前从未想过有一天会在美国生活，会经历今天所经历的一切。有一次我俩聊天，我告诉她这在网上叫作"活久见"，她哈哈大笑。

　　我想要过的生活，很多都没有实现，不能说没有遗憾。但命运真是个奇妙的东西，它给我的生活，可能有许多是出人意料的惊喜，超出我的计划之外，也是我原来完全想象不到的。所以我想，也许未来还有短短的几十年，命运会有其他的安排，我对此充满好奇，想活下去，等着看一看。要说有坚持什么，其实我倒也并没使什么吃奶的劲儿去活着，只是就这么把该做的事情做了，这扇门推不开，就换一扇门推推看，这样一扇门一扇门地推开，让生活引领着我，走到了现在。

十年前，你会知道自己现在是这个样子吗？十年之后的你是什么样子，你其实也并不知道。选择死，你的未来只有一种可能——成为一个死人。人只有活下去，才有无限可能，才能体会到命运的残忍和慈悲，它虽然会玩弄你于股掌之间，但确实不是一个无聊的家伙。樱桃小丸子的爷爷说："只要活着，总会有好事发生。"这么"鸡汤"的一句话，我活到现在才明白，竟然是真的。像我这样任性的活法，在很多人看来可能真的很糟糕，活到现在还是一无所有的样子，好像也没什么拿得出手可以和别人炫耀的东西，但是至少当20岁的年轻人问我活到现在这个年纪的感觉怎么样，我都会回答他，感觉不错，幸亏当年没有死。假如当年真的死了，就永远没机会懂得现在这些道理，体会到现在的这些感受了。

"天地不仁，以万物为刍狗。"只要活着，人生中就绝不会只有坏事情，一定会有好事发生，要好好地活下去，长长地活下去。

因为理性，所以慈悲

偶尔会有读者说我写的文章是"心灵鸡汤"，心里很不以为然，但还是认真想了想原因，也许是我平时看世界的角度，文章所关注的生活都不那么暗黑负面。我总是看到并愿意指出事情好的一面，很多人会把所有看到生活美好的一面、积极向上的文章统统称为"心灵鸡汤"。

可难道不是这些贴标签的人才真的很奇怪吗？生活本来就有很多层和面，人性也是一样，既有假恶丑，也一定有真善美。人们却常常有一种认识的误区，觉得只有关注假恶丑，才是理性的，有思想的，把关注真善美说成是"无脑的心灵鸡汤"。

我觉得这本身就是对生活很大的偏见。没有任何根据地认为生活里的丑恶才是真实的，美好的一面都是假的，这才是最大的不客观吧。其实一篇文章到底是不是"心灵鸡汤"，重点还是应该看有没有因果和逻辑。

写"心灵鸡汤"的文章是不需要逻辑和理性的，它会选择性地只看到这个世界光明的一面，但这个结论是根据一种美好愿景而不是靠因果逻辑演绎出来的，经不起推敲。说白了，是靠感受性的描述、口号式的语言，煽动一种廉价的自我感动。

正因为这些廉价的自我感动泛滥，人们常常误以为人性中的那些善良、温暖、温柔，都是感性层面的，与理性无关。

事实并非这样。任何一个人都不会只有理性或者只有感性的一面。理性和感性，不是非此即彼的二选一，理性也从来不是感性的对立面。在任何一个正常的人身上，都是既有感性的一面，又有理性的一面。

就像我自己，常有人说看我文章的时候，觉得我是一个十分理性的人。这当然没错，而我同时也是十分感性的人。我写议论文章的时候，更多地需要我去运用理性的一面，所以读者自然看到的也是我的这一面。但这绝不可能是一个人的全部，如果真的是全部，那将是可怕的，任何极端的理智或者感性，都是疯狂的。

理性中是可以有爱与情感的，情感中也可以有理性。如果没有理性的底子，美好的愿景会都成了自我欺骗。那不是生活真正的美好。生活的美好、人性的善良，都和这世上的所有事物一样，自有其因果。那些真正善良的人，不是一时的自我感动，而是因为参透了这因果，所以决定对世界心存善念，这就是一种理性的选择。当善良作为一种思考后的选择时，它才会在人的心中变得真正坚定和有力量。这样的善良才值得信赖。

而要看透这因果，必须保留一些理性，这就需要与事物保持距离，所以于人于事，总必须得退后几步去看，才能够真正懂得。

　　有了这份懂得，方始有慈悲。所以凡有大慈悲的人，在温暖周围的人的同时，性子里其实反倒会有那么一点冷冷的。人们总觉得慈悲只是一种悲天悯人的情感，但其实那是理性之光。没有理性的善良和热情是靠不住的，今天热情似火的人，明天亦可翻脸无情。

　　佛祖如果仅有情绪和情感，怎么可能开悟，最后普度众生呢？

　　历史上的"圣雄"甘地就是最好的例子。1947年，印度的宗教大屠杀一触即发，甘地为了让所有人冷静下来，利用自己的威望与绝食的方式，使人们停止了互相杀戮。他为印度的分裂而伤心，在遇刺前，他刚刚接受完美国记者的采访，忧伤地走出屋子，走向人群。他的养女对记者说："他觉得他失败了，可是他不知道，他最大的胜利是带领着我们远离了疯狂。"

　　而在今天，当我们茫然四顾，到哪里去找一个人，有这样的理性，这样的慈悲呢？没有找到这样的人，不得已，只好自己试着去做一个这样的人了。

谁知道好孩子心里的苦

当年台湾女作家林奕含自杀后不久，网上传出她刚刚出版的一本小说的部分文字，以及她自杀前八天接受的采访。在采访中，林奕含谈了自己的小说和自己的创作观。有读者特意跑来跟我说，感觉她很像我小说里夏念这个人物，我去看了一下，也认为确实如此。

林奕含的小说，用她的话概括起来很简单，就是"有一个老师，常年用他的职权，在诱奸、强暴、性虐待女学生"，但她随即又说："这种描述其实是不合适的……是一个关于女孩子爱上诱奸犯的故事。"

现在我们知道，这些都和发生在她生活中的真实经历有关。在被性侵后的九年里，林奕含患上了重度的精神疾病，一直在看心理医生，遗憾的是，她还是没有闯过人生的这一关。

在她的小说和访谈中，虽然身为性侵事件的受害者，但在接受采访时，她从一开始就强调，这绝对不是一本愤怒的书或者控诉的书，她想从文学的角度谈论这件事，并且想叩问几个关于文字和文学的问题。

看到这样一个漂亮温柔，又有才气的女孩，如此克制地说出那些话，真是让人惋惜和心疼。在她的整个采访中，我能感觉到这个女孩在深深地压抑着自己。看到她反复强调，她不是要控诉，不是愤怒，而是"堕落地"爱上了的时候，我最为这个姑娘心痛，她应该愤怒，应该控诉，也应该反击。

如果她是真的没有愤怒，没有怨恨，真的爱上了这个老师的话，她是不会折磨自己七八年；也不会在成年后还那样痛苦，写下这本书，并且最后选择自杀。

也许一切不会是今天这样的结果。

这不是因为我们这些外人自以为是的正义，而是那可能就是她自己内心深处，那个当年被伤害的小女孩真正的诉求。她在一遍又一遍地对成年后的林奕含愤怒地呐喊：你不能否认罪恶的存在，你不能用爱来合理化这些伤害，你要看到我。

这是一个好女孩，但有时正是这样的孩子，太懂事乖巧，太温顺听话了，反倒特别容易患上精神疾病。

愤怒、叛逆、有攻击性的少年，常常会让大人们头疼，有人甚至觉得他们不是好孩子。但是换个角度想一想，这些情绪真的完全是坏事吗？

从生物学视角来讲，愤怒和攻击，其实都是我们人类的生存本能，动物在受到攻击和威胁时，也一定会愤怒和反击对方。这是大自然赋予它们的求生本能，是它们的生命活力。人同此理。

可是人们常常觉得，好孩子不应该叛逆，优雅的人不应该愤怒，攻击他人的行为是不体面的，没有风度的；对受过的伤害耿耿于怀是不大度的，不宽容的。你一直怨恨，这都是你自己的问题，你要学会谅解和包容。

所以当一个人受到伤害，如果她既无法去谅解自己，她的教养又不允许她愤怒，不允许她有攻击性的时候，她就会压抑这些情绪，长年累月郁结在胸中。最后，这些攻击就都会转向自己。

谁能体会好孩子心里的苦呢？就算是专业的心理医师想帮助她释放，恐怕都无法释放得出来，因为那些"善良美好"的教养已经在她的心灵深处变成枷锁，把她绑得死死的了。久而久之，那些生命的活力，也在压抑中消亡，在自我攻击中被吞噬了。

"原谅别人，就是放过自己。"这是人们经常说的，从前我也一直深信不疑，但现在我觉得这是不对的，因为这句话好像是一直在给被伤害者心理暗示，如果你不原谅对方，都是你的错，你活该遭罪。

在一期《奇葩说》节目中，马东问台下的观众："你们到底有多少人可以确定，你生活中有一个人伤害过你，你一辈子都不会原谅他？"结果只有一个女孩子举了手，马东说："你看，这就说明最后我们还是会选择原谅，因为我们要放过自己。"而蔡康永却说："这不叫原谅，这叫作'算了'。这个世界上那么多恶人，做了那么多恶，难道你都要去原谅？"

不能原谅的，就不必去原谅。内心中的恨和怨，也不必非要在心中去用某种方式去合理化它，淡化它，压抑它。恨就是恨，恨是人类最正常的情绪，它本身没有错，你不承认它的存在，它就永远要用某种方式强调自己的存在。你只有承认这个情绪的存在，才会真的去处理这个情绪，久而久之，反倒可能真的被时间抹平。

扎小人也好，暗中诅咒对方也好，虽然俗鄙，却也是一种心理疗愈。扎得时间久了，诅咒得都想不出新词儿了，实在是累了，也就算了。

孔子说要以直报怨，而不是以德报怨。他反问，以德报怨，何以报德？人应该有权选择一辈子不原谅那些伤害过自己的人，至于最后是不是能算了，活得足够久，就会知道答案了。

见好，念好

几年前，我的好朋友邦妮出版了一本《见好》，这是一本采访明星手记。坦率地说，当年我虽然明白她用这两个字做书名的良苦用心，是希望我们看人要能看到对方的优点，但确实没真觉得这两个字有多么重要。后来，有一次和朋友聊起诺贝尔文学奖，受到启发，写下了这样的一段话：

> 这个世界上任何一部作品能获得成功，都不是因为它丝毫没有缺点。而是因为它有特别大的优点！一部作品不完美根本没关系，重要的是它的优点足够优秀。评论一部作品时，能挑出它的缺点也并不是什么了不起的事，能说出哪里做得好，才是真正掌握了对方的创作秘诀，才是让读者和其他的创作者有益处的评论。

邦妮看到我的这段话，回复说："其实见好是最难的。"

是啊，比如我们讨论村上春树的时候，有读者跟我说村上春树的作品不好，罗列了他作品中的很多缺点。我说："那你可知道，岩井俊二的成名电影《情书》就是脱胎于《挪威的森林》吗？"岩井俊二还曾经写过文章，说明自己是怎么从《挪威的森林》构思出《情书》的过程。

所以，这就是差距吧。读书时只能挑出缺点的人，最多是能够跟人抖个聪明，争论一下，满足一下自己的优越感。能读出一本书怎么好的人，则可以把那个好吸收掉，并为自己所用，把别人的好，变成自己的作品，让自己变得更好。

看书如此，看人亦如是。

曾有姑娘问我，怎么和朋友相处？我说其实无非四个字，"见好，念好"。新朋友初见，能够看到对方的好，可以做朋友，这是"见好"。相处起来难免磕磕碰碰，但彼此念着对方的好，才能走得长久，这是"念好"。

见好难，念好更难，如果大家都能见到对方的好，亦能念着对方的好，就会是一辈子的好朋友、相爱的恋人、和谐的亲朋了。

只能见好，却不能念好的人，时日久了，关系太亲密了，难免会看到对方的不少缺点，渐渐忘了对方的优点，一味抱怨对方的缺点。

谁会是完美的呢？当然可以不完美，也可以有缺点，但不可以完全见不到彼此的好，念不住彼此的好。因为只要还能念一下对方的好，说话做事总会有情，有情人留三分余地，不至于太伤人。念不住对方的好，就会不惮以最恶毒的话伤人，都是对方的罪过，并不觉得那是自己的无情。

如果是到了那一步，恐怕就真的是缘分散尽了。

有时候，人会被伤透了心，终于决定放手一段友情或是爱情，并不是因为对那个人毫无感情了，而是因为知道对方已经看不到自己的一点点好了吧。

我还记得你的好，但是我知道在你心里，我已经没有一点好了，那也就只能放弃了。

我是不同意太刻意地去做什么"诤友"的，我觉得"我这么批评你是为你好""挑剔你都是为你着想"之类的都是鬼话。若一个人在外面，世人谤他、欺他、辱他、笑他、轻他、贱他、恶他……回到家里，连亲人朋友也是这样，见不到他一点好，那日子可怎么过？

朋友啊，亲人啊，爱人啊，不就是在所有人都看不到你的好的时候，还能见你的好、念你的好的那个人吗？

朋友、亲人之间，当然应该互相提醒批评，见到了错误，不能逃避或者漠视，但这需要铺着厚厚的一层"见好"的底子。

人总有这样的心理，一个平时总是能见到自己的好、念叨自己的好的人，当他指出你的缺点时，你多半会认真考虑一下。因为你心里已经建立起了对这个人的安全感，愿意相信他的善意。你知道自己在他面前，不是一无是处，你相信他是为你好，不是为了攻击你才指出你的缺点的。而当我们被一个从来看不到自己优点的人批评，我们通常会愤怒、伤心，感到受到了攻击，一想到自己在对方眼中一无是处，做什么都是不对的，谁还能听得进去所谓的忠言呢？

见好是一种能力，念好也是。这几年我愈发觉得，如果在人生旅途中能遇到看得见自己的好、记着自己的好的人，那真是人生中一大幸事。所以，如果你身边也有那么一个或者几个这样的亲人、爱人和朋友，请一定要珍惜他们。

愿你也有能力看到这世间的好，愿你有运气被这世界看到你的好。

空椅子原则

当年我还在东北老家的时候，有一年，城里突然流行起了过平安夜。我和几个朋友临时起意，一起去城里最有名的夜店玩。等到了那地方，才发现当晚为平安夜专门安排了演出，门票是平时的三倍。当时我们都是刚毕业的学生，没有什么钱，在门口商量了半天，还是咬牙买票进去了。

大厅里烟雾缭绕，四处都已经挤满了人，正当我们试图在角落里找到个相对好一点的位置坐下时，我瞥到离舞台最近的地方有一张桌子是空的，我就示意给朋友看。朋友说，那么好的座位，怎么可能没有人坐呢？一定是人家预留的。我说咱们过去看看，于是我走过去，发现桌上并没有预留的牌子，也没有任何人已经就座的迹象。于是我们坐下，心想大不了一会儿真来人了，我们就给人家让开。

结果那一晚上都没有人来撵我们。许是所有人都和我朋友想的一样，这么好的座位怎么可能没有人坐。

这样的事情我还经历过一回。当年我在杭州工作，那时我经常跑回老家看父母，来回都需要在上海倒一次车。

有一次我半夜到达上海，登上回杭州的火车时已经是半夜一点多，车厢连接处站满了人。我远远地往车厢里张望，发现车厢中间空着一个座位，就想挤过去。一位大叔显然也看到了那个座位，觉察到我的意图，就对我说，不用挤了，那座肯定是有人的。我就说我过去看看。我很费力地挪过去，指着那个座位，问旁边的姑娘，这个座位有人吗？那个姑娘摇摇头。我开心地一屁股坐下时，正迎着那位大叔郁闷的目光，他最后一路站到了杭州。

我不知道这个世界上有没有什么专有名词描述这种事，后来我把它叫作"空椅子原则"，不过叫什么其实并不重要，总之就是有时候一个最好的位置明明是空的，却没有人坐上去，因为大家都不相信这么好的位置会没有人坐。结果椅子就这么一直空着，最后谁先去问了，谁就得到这个位置。

这种事情在生活中很多，有时候也会发生在人的身上。比如，我们都觉得一个姑娘特别漂亮、优秀，追她的人肯定都要排到长城脚下了，结果她跟你说她没人追。从前我都不相信，但现在知道这真的非常可能，因为男人都觉得竞争压力很大，自己一定不行，所以不敢追她。最后，这样的姑娘往往会和一个很普通的男人在一起，大家都觉得奇怪，其实无非是这个男人很勇敢而已。

当年香港影坛有一种说法，"一个影帝衰三年"，也是这个意思。你得了影帝或者影后，大家就会默认你的水平不一样了，肯定不稀罕拍寻常的作品了，于是有什么普通的剧本也都不太好意思来找你。

说到这儿，想起前几年有部电视剧叫《宸汐缘》，是张震出道这么多年来第一次拍的电视剧，粉丝们都管它叫"男神下凡剧"。因为喜欢张震，我就去看了一眼，没想到看过五集之后，发现剧里的这个角色好像为张震量身定做的一样。于是，我在微博提了一嘴。结果被这部剧的编剧姑娘看到了，她给我发私信，我们闲聊了几句。这姑娘说，她当初写剧本时，男主的角色带入的就是张震。

我问她是写之前就知道张震会来演吗，她说当然不是，但是她好希望张震来演，向片方大胆地提了建议。当时都没敢想张震真的会答应，没想到写一半时，张震竟然答应了，她都快要乐晕了。

我一下明白了大家纳闷的这个问题：张震为啥会接这部电视剧？从艺这么多年来，他并没有拍过电视剧，而我们也都默认他是不接电视剧的。但其实大家并不知道他是怎么想的，印象里，他好像并没有公开说过自己接片子的标准，没说过绝对不接电视剧的话。

总之，可能好多片方真的都默认张震是不演电视剧的。张震那边呢，其实也没那么高冷和有架子，结果去找他谈，还真的把他给谈下来了。

话归从头，我们很多对人和对事物的想当然，是没有真正去求证的——我就是认为这样是合理的，所以理所应当地认为某人一定是这样的，某件事情一定是这样的。

　　正因为这样的想当然，可能会让我们不知不觉失去很多机会。所以看到场地上有把空椅子，你去试着坐下，事情才会起变化。以后会怎样，以后再说呗，能够化被动为主动，总归机会多一些吧。搞错了，被人拒绝，其实也没什么损失。如果机会不是自己的，至少也不会那么不甘心了吧。

　　同理，别人也一定会这样误解我们。

　　这种情况下，如果自己都不去主动释放信号，就容易永远陷在不明朗的误解里。别人不会知道——哦，原来你在找工作，你想谈恋爱，你希望有人给你介绍对象，你是可以的，你是愿意的，你也没那么挑剔，你是可以谈一谈的。

　　总之，人真的不能想当然，还是要敢想，敢试，看到一把空椅子，向前一步，看看有没有机会，万一真的没人坐呢，也许那把空椅子就是你的。

　　人生的好多机会，其实就是这么来的。

不媚俗的代价

一位网文作者特别认真地和读者讨论一个问题：文学作品中的人物，是否可以有所谓的"道德"问题。

这位作者洋洋洒洒写了几千字来阐述自己的见解，但我有些怀疑她这么多话都白说了。点开评论一看，果不出所料，大多数评论都表示，不能接受让自己不舒服的内容，不接受有道德问题的人物，不接受出轨的人、小三、渣男等。

这让我想起从前有个读者曾经向我提过一个问题，她说自己的性格比较特立独行，很讨厌单位里那些媚俗的同事，所以常常被单位同事排挤，人际关系也不好，问我该怎么办。

我说你瞧不上你的同事，你的同事肯定都能感受得到，当然会反过来用防御的姿态对待你。你不媚俗，俗也不会反过来媚你。因为对方只是俗，却并不是傻，也并不是贱。我们不能一边选择清高，拒绝媚俗，一边怪俗人没反过来巴结自己。

要想做特立独行的人，不肯媚俗，就必然会付出这样或那样的代价。生活中，你会发现，你不喜欢的人，对方多半都能感受得到，也多半不会喜欢你。

那么，这世界上有不媚俗，但俗反过来媚他的人吗？确实有，我脑子里马上能想到的现成例子就是王菲了。

人人都想做王菲，我也想啊。可是回想一下，这么多年出了几个王菲呢？而且王菲的出现，也和她的那个年代没有网络，没有手机，没有粉丝经济，并且特别容易聚焦有关。在如今这个众声喧哗的时代，人人都想当明星，展示自己。王菲当年这个性放到现在，也可能会被湮没，或者至少不太会达到今天的这种成就吧。

在这个问题上，我也曾经和自己较劲过，后来彻底想明白了，也彻底释怀了。我不会动辄写几千字去讨论文艺作品中的人物是否可以有道德问题，也不会和读者讨论我应该如何写作。所以我不红，读者不多，也没钱。但我认，我心里没有一点儿怨气。

反过来也是一样的，我从来不觉得读者就应该迁就我。我和读者一直像两个成年人那样，能相处就相处，不能相处就一拍两散。因为我从没有讨好过读者，所以我对读者的要求也不高，我的读者对我的态度也很松弛，就是没事儿过来聊聊天的朋友。

关于这一点，写东西的人要想明白，自己到底要的是什么。如果就喜欢写颠覆"三观"的东西，有读者因此感觉被冒犯，看完很不高兴，那作者自己也得受着，因为确实是冒犯了对方。

现在网文的写作经常要照顾读者的情绪，按照读者的意见去改故事。对此，我从来没办法接受。不是水平高低的问题，主要是因为我就这种个性，也写不出来那种迁就别人的东西，还不如自己活得开心点，写得开心点。

一个作者如果给自己定位是服务性行业，希望用文字去取悦大众，被大众牵着鼻子走，然后又反过来希望大众接受自己有个性，这怎么可能呢？造成今天的这种局面，不就是太多的作者一味迎合读者，想把读者伺候得舒舒服服的结果吗？读者觉得你不就是干这个的嘛，所以才会稍微不舒服就跟你翻脸。

这人啊，永远是得寸进尺，蹬鼻子上脸的人会更多。底线都得自己守，守不住的话，最后都是这结果。你惯的，都是你惯的，有啥可抱怨的。

不想媚俗，就别指望俗来媚你。想特立独行，就要有无惧诋毁的觉悟。取悦于人者，也必受制于人。

不仅仅是写作，人生的事，大抵如此。

我依然相信人类是无私并且相爱的

最近这几年，大家日子过得都不容易，在艰难的日子里，我也谨慎地在自己力所能及的范围内接受信息。想了想，之所以自己能一直保持着情绪稳定，归根结底，是因为我还愿意相信人，相信发生了这么多事之后，人类依然是会无私地相爱。

当然，我之所以会这么讲，并非只是一句盲目乐观的"鸡汤话"。而是经过认真思考后得出的结果，诸位且听我慢慢道来。

作为这世界上最高级的动物、大自然中绝妙的造物，人类的身上没有任何一种情感是和自身生存无关的，也没有一种情感只是神明无用的设计。其中当然包括人类的爱。

我们常常说，母亲爱自己的孩子是一种本能。这其实并非只是对母亲的美化和情感表达，而有其客观的原因。

在自然世界里，人类幼崽成长得非常缓慢，是成长周期最长的物种。狮子、老虎的幼崽一般 1 岁左右就可以独立生活了；羚羊的幼崽生下来不一会儿就可以蹦蹦跳跳，跟着羊群一起奔跑，一起迁徙，躲避天敌。而人类幼崽需要六七个月身体才能坐起来，学会行走差不多要到 1 岁以后，能够自己独立觅食生存则要更久。在这之前，人类幼崽有很长一段时间，是要完全依赖父母的保护和哺育才能够生存的。

所以，人类的父母必须对孩子有很深的感情，才能够愿意在生下孩子之后，还长时间地去哺育自己的孩子，让孩子占用自己的生存资源。否则，人类的孩子就活不下来，人类也早就灭绝了，不可能成为今天的地球王者。

从动物学的客观条件来看，人类到底是凭着怎样的身体素质来称王的呢？我们不能在天空飞翔，不能在海中遨游，奔跑不过斑马，勇猛不过雄狮，要力量没力量，要体型没体型，要速度没速度，耳力、听力、灵活能力，哪样比得上动物？把任何一个个体的人扔到亚马孙雨林的动物王国里去，能存活下来都是一个奇迹。

人类的头脑确实很聪明，但要发育十几年才能成形，按说在物竞天择的原始社会，人类以这种速度成长的话早就灭绝了。但是个体的人，虽然肉体脆弱，却可以集体结伴出去打猎，组织作战，互相帮助，互相照顾，齐心协力地制造工具，并且有互相学习的能力。人类是这样才慢慢成为这个世界最高级的物种的。

人们总是说，自私是人的天性。这诚然没有错，但人类的天性是复杂的，有很多层面。无私也同样是人类非常重要的一种天性，利他主义同样也写在人类的基因里。

若说守望相助，这个世界上没有任何一个物种可以做到人类这种程度。也许这几年，我们都看到了太多人性中肮脏的、阴暗的部分，这难免令人感到失望和沮丧。但我总是相信，当人类社会感到自己的生存受到威胁时，我们一定会看到远古的生存意识会被重新激发出来，我们一定会重新看到人和人之间相互的帮助。一定会的！

因为人类想要继续存在下去，就一定会相爱，人类也必须相爱，否则人类就会走向灭亡。毕竟在这个世界上，能让人类灭绝的，只有人类自己。

滥好人与魑魅魍魉

一个朋友打电话给我，抱怨她最近在工作上遇到了小人。这个圈子不大，坑害她的人的口碑我也略有所闻。我说你怎么与他合作前也不打听一下。朋友说打听了啊，某位老师说他人很好。

我一听就惊呼，哎呀，这位老师评价人是不能信的呀，因为他自己根本就是个滥好人，对谁都是和和气气的，很能忍让，从不得罪人，谁在他眼里人都是好人。你可以和他本人交朋友，但对他身边的朋友反倒不要太轻信，因为滥好人身边，反而常常会聚着一群魑魅魍魉。

以前认识一个人，是朋友的朋友介绍给我的。那个人在我们的朋友圈里非常有名，自从我跟他认识之后，每隔一段时间，就会接到某个朋友的电话，跟我说，某某说是你的朋友，我跟他合作，结果被他耍了。还有人半夜打电话来问，某某你认识吗？说是你的朋友，他要合作一个项目，我怎么听着那么不靠谱呢。

不仅仅是我有这种"待遇"，好几个共同认识他的朋友也都三不五时地接过这种电话。这个人每隔一段时间，就会以这种方式出现一次。

就这么过了好几年，他一直阴魂不散地反复出现。我不是什么了不起的人物，朋友不多，社交圈子不大，几乎都被他边边角角地利用过了。最后，连我不可能想象到他会攀扯上关系的朋友，都给我打电话吐槽。每次我都得清楚地解释，我只是见过这个人几面，根本谈不上是朋友，他跟我没关系……

其中还有一段插曲。当年我刚刚认识这个人时，凭着我的直觉，就不想和这个人扯上任何关系，所以连电话都没给他留。但有一次，他打电话给我的另一个朋友，向他要我的电话，我朋友没多想就给他了。

第二天我朋友告诉我，我非常直接地跟她说，不应该把我的电话随便给人，并且告诉她，下次如果有人要我的电话，就让对方留个电话，然后跟他说会帮他转达，让我自己选择是否给他打回去。

过了一段时间，这个某某把我的电话弄丢了，又给我这个朋友打电话，向她问我的号码。朋友就照我事先教的话说了。他很吃惊地说，你也不用这样吧，我和水木丁是很好的朋友，我只是把她电话弄丢了而已。

我朋友是个耿直的白羊座，就干脆地跟他摊牌了，说上一次把我的电话告诉他，我不高兴了。这人听了再也没说什么，挂了电话，从那以后再也没试图联系过我。

但你以为他就放过我了吗？并没有！我还是能从别人那里，听到他到处说是我的朋友。对此，我毫无办法，只能忍受着。

这样的人，我后来还遇到过一两次。印象最深刻的是，当年我和朋友一起办了个网站，那时我们几个都把自己的读者给号召来了。其中有个女网友特别活跃，开始我并没觉得有任何异常，只是感谢她的热情。直到后来有一天，我才知道她以我们网站的名义建了一个 QQ 群，并从我们网站拉了好几百号人进群，当时我觉得并没什么，负责技术的朋友非常不高兴，让那个女网友要么解散群，要么别以我们的名义建群。

为此，我和这个朋友还吵了一架。我当时觉得，人家是自己建立的社群，这是人家的自由啊，我们怎么能干涉呢？可后来我突然反应过来，她自己能建群吗？她是在利用我们的名义建群啊。如果她在群里发广告，卖理财产品，骗我们读者的钱，最后会不会都算在我们头上呢？而且还有网友告诉我，这个女网友天天在群里挑拨离间地骂我们。后来，由我的朋友出面去警告，让她把群的名字改掉，至少不能以我们网站的名义去建立社群。

几年前，我一个朋友买的理财产品爆雷了，她当初就是被拉进一个社群。开始时，她也是不相信的，但后来一看，群里有不少自己认识的媒体同事、同行，还有从前媒体行业比较有名气的前辈老师，就放松了警惕。

我听她说起这件事，特别庆幸当年我反应得早，及时制止了事态发展。

有点社会经验的人都知道，如今这个时代，人心不古，各种魑魅魍魉多得很，他们脑门上也没有刻字，就跟普通人一样出现在你的身边。但是人心隔肚皮，有时是很难知道对方是什么心思的。

这种人自己本身能量不大，能耐也不大，他们建不起来一个群，所以要四处找可以利用的人。而且据我观察，有两种人身边最容易聚集魑魅魍魉，一种是听信谄媚之言的，一种是脾气温柔、谁也不想得罪的滥好人。

人心向善是应该的，但有时性格太温柔，不懂拒绝，也容易被利用。如果总想着做好人，反倒只能一直被这种魑魅魍魉所附着，直至被吸干净为止。自己吃亏上当也就罢了，怕的是对方手伸得足够长，连你身边的亲朋都不放过。

人越是有被利用的价值，就越会吸引来一些魑魅魍魉。倒不是说人就完全不能被他人所用，问题在于，这些魑魅魍魉利用你，若是去做坑蒙拐骗的坏事，造了孽，害了人，一定程度上，你也难辞其咎。

通常来说，有两种方法能让魑魅魍魉远离，一是让自己变得没有价值；二是划清边界，懂得坚决地说"不"。后者可能需要花好多年来学习，且需要不断地把一直凑上来的魑魅魍魉打下去。这注定是一种烦人的缠斗，但也是没办法的事，而且必须坚持。

人总要成长，有的人需要越活脾气越平和，有的人需要越活越有脾气。

一个"利己主义者"的格局

一个性情一向温和的朋友在朋友圈发飙，说最讨厌一群人滥用"精致的利己主义者"这个词，逮谁给谁扣帽子。

我看到后也想了一下，自己仿佛也被人指责过是"精致的利己主义者"，不过我倒无所谓。动不动就这么说别人的人，可能都不知道这个词哪来的，更不知道是什么意思。

其实这是出自北大中文系钱理群教授的一段话："我们的一些大学，包括北京大学，正在培养一些'精致的利己主义者'，他们高智商，世俗，老道，善于表演，懂得配合，更善于利用体制达到自己的目的。这种人一旦掌握权力，比一般的贪官污吏危害更大。"钱老的这段话当然是有上下文的。

反正像我和我朋友这种野生作者，这辈子也没想掌握什么权力，或者有机会利用体制达到自己的什么目的。按理说，怎么都和这个词搭不上边。

不过词语就是这样，当一个词进入流行文化，被赋予了单独的意义，就会失去它本来的意味，变成了一顶很好用的大帽子，被拿来到处扣。

不过，就算是这变了味儿的指责，我依然觉得无所谓。这个问题的关键不是"利己"，而是"利己"的这个"己"字，你要怎么界定？

在我的字典里，这个"己"是个很大的范围，不仅仅是我自己。

我的家人，我爱他们，他们过得不好，不幸福，我也好受不了，他们就是我的"己"。我的朋友，我们抱团取暖，携手并肩前行，他们是我的"己"。我的公司，它效益好了，我自然也生活稳定优渥，它也是我的"己"。

我的国家，作为中国人，我就生在这条大船上，我必须和我的国家共命运。我出门在外，拿着中国护照，别人对你的认知，首先是你中国人的身份，我的国家强大了，我自然也会有很多好处，它也是我的"己"。

我们生活在这个地球上，能否呼吸到干净的空气，生存资源是否充足，关系到我们自己的健康和未来。所以，为保护环境做点力所能及事，这也是利我的"己"。

当然了，在成年人的世界，关系、利益、环境都是在不断变化的，大家都在利己的度上找平衡，关键看一个人用什么标准去衡量自己的利益。

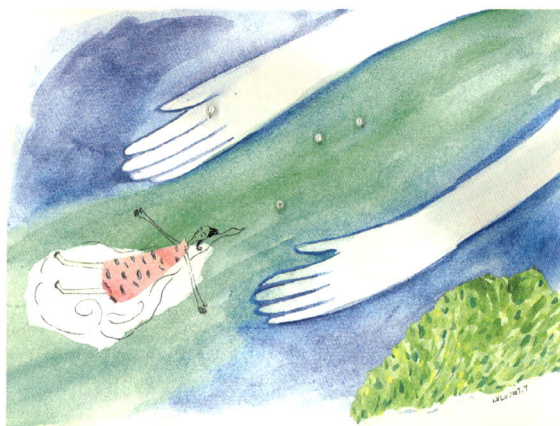

愿你也有能力看到这世间的好，

愿你有运气被这世界看到你的好。

我没有道德优越感，不会事事要求回报，因为我知道，我为我爱的人做这些事，归根结底，我是为我自己。

不过话说回来，比起坦坦荡荡的利己主义者，我对那种天天指责别人自私的人，才更加敬而远之。因为承认自己有"利己之心"的人，至少不矫情，内心界限清楚，反倒知道取舍，懂得感恩。有些人总是在指责别人利己，觉得自己是高尚无私的，其实内心深处反倒可能是自私的。

不再嘲笑努力的人

一次，我夸一个女演员演技好，一个年轻女孩很不屑地回复了我一句："她脸上总有一种努力的感觉。"

这个表述很有意思。我想了想，要是换十几年前，说出这话的年轻人，很可能就是我自己。但现在我完全没有发现这个女演员脸上有什么"努力的感觉"。

大家都面对着同一个人、同样的一张脸，那个姑娘却觉得演员满脸都写着"努力"两个字，十分嫌弃。而我却觉得她十分正常，完全可以自然地接受，人们经常说，相由心生，其实看别人面相时，自己能感觉到什么，也是自我内心的投射吧。这当然和我自己心态的变化有关。

其实我打小是一个不太努力的孩子，除了在谈恋爱这件事上非常上心外，对其他的正经事情都很随意，总觉得太过刻意地追求点什么，太功利了；还有点自认为聪明的小傲娇，觉得努力是笨孩子没办法才做的事。

但长大后，我渐渐明白了一点。其实那些努力的人，也有一种面对自己欲望的坦诚。而且我在越来越了解自己、接受自己后，特别是见识过那些真正无欲无求的人之后，才开始明白，我之所以总嘲笑那些努力的人，不是因为我真能做到无欲无求，而是因为自己一直压抑了内心的欲望。

那些真正无欲无求的人，并不会去嘲笑努力的人，因为他们的日子过得完全不同，所以他们对别人努力或不努力，不在乎，也无所谓。说白了，别人努力或不努力，因为跟自己没关系，所以根本眼不见心不烦，更不会去评价对方。

而我从前之所以总爱嘲笑努力的人，更多的还是因为对自己的欲望不够坦诚。其实自己的心里也很想要，但又觉得不好意思，看到别人坦坦荡荡地去追求了，就表现得很不屑。其实，就是"酸葡萄心理"。

想通了这一点，我的生活方式彻底改变了，比从前更努力地写作了，我的公众号更新得都勤了。其实也并不确定自己一定会得到什么，就是想换个活法，头几十年做鸵鸟已经做够了，现在打算正视自己的欲望，想看看自己努力一下，会发生什么，会走到哪里。所以，对于从来没努力过的人来说，其实努力也是一件很刺激的事情呢。

但有一点是肯定的，我再也不嘲笑那些努力的人了。至少在面对自己的欲望这件事上，我是豁达多了。要么去努力得到自己想要的，要么面对现实承认自己不是不稀罕，是没能力，得不到，干脆选择放弃；而不是自己想要，不好意思，不敢去争取，却嘲笑勇敢争取的人。这其实就是一种嫉妒。

而且，如果人这辈子从来不肯好好地面对自己的欲望，都没有为满足它而做过点什么，就总会有一种不甘的心情伴随终身。

好多事，努力了真的未必能有结果，但是你努力过依然得不到的东西，放弃了也就不后悔了。

没那么多的不甘心，也没那么多的纠结了。

剥虾壳留不住人的心

冰箱里的苹果坏了，这是我第 N 次买苹果，然后任由它在冰箱里坏掉。

其实每次买苹果，我也都会买一些别的水果，比如香蕉、葡萄、桃子、杨梅和樱桃什么的。那些要么是有些贵，要么吃起来会增肥的水果，很快被我吃掉。可是每次看到苹果，就会想，啊，明天再吃吧，反正也可以放很久。于是，苹果就被放到坏掉了。

又或者，冰箱里明明还有很多苹果，却觉得没有水果了，再买点吧。于是，又买了一堆其他的水果来吃。结果，苹果还是静静地躺在冰箱里，等待它烂掉的命运。

我认真地想了想，我真的那么不爱吃苹果吗？其实倒也不是，我更多的是因为懒得削苹果皮。如果有人愿意削好苹果皮，端到我嘴边，我一定会吃个不停。这样方便就吃、不方便就不吃的态度，这说明既不是多么喜欢，也不是多么讨厌，就是吃不吃都行吧。

于是，想起一档综艺节目里的著名桥段。彼时大S和汪小菲还没有离婚，节目里几对夫妻在一起吃饭，坐在大S身边的福原爱问大S吃不吃虾，大S说她不吃，因为懒得剥虾壳。

福原爱说，我给你剥。这话把大S吓了一跳，连忙阻止。福原爱说没关系，自己老公吃虾都是她给剥虾壳的。大S教育福原爱说，吃虾必须让男人给剥虾壳。还说她小时候吃虾，都是爸爸给剥虾壳，她爸爸走了之后，没人给剥虾壳，她就干脆不吃了。

大S的这个言论很有名，当时很多人都在讨论，有人说大S实在是太矫情，有人说大S的驭夫术实在是高明。

因为苹果，我想到了这个桥段，突然明白，大S对虾的态度，就是我对苹果的态度。其实就是根本没有那么爱那一口，吃也可以，不吃也可以。

若是心心念念的食物，哪怕是半夜突然想吃，也会像孕妇害口一样，从床上爬起来，摸到厨房，洗了切了做了吃了，才满足。剥虾壳又算得了什么，真想吃虾的人，是不会嫌麻烦的。

换个角度来说，我给别人剥虾壳，对方就一定会感激我吗？当然不会呀，因为他本来也没那么爱吃虾，所以我给不给他剥虾壳，又能怎样呢？

剥虾壳没那么麻烦，削苹果皮也没那么难，之所以它成了不吃的理由，无非是真的没那么喜欢罢了。

倒也不是说一定不能给人剥虾壳，我如果非常爱一个人，他又嫌麻烦不想剥虾壳，我也不是不能给他剥。但这纯属我自己乐意的事，和人家没啥关系。

我也不会觉得，你看，我对你多好，我当初连虾壳都给你剥了喂嘴边，你却不领情，真是太没良心了。

当然不领情啊，因为你喂到他嘴边的东西，本来就是他可吃可不吃的东西，他没有需要，是你自己的需要而已。

不要怨。

有些看上去很叛逆的人，
对道德要求更高

　　我的朋友 L 君，是一个十分叛逆的人，她一直活得像个散仙，行为、做派也很不拘一格，十分开放。我们也一直觉得她对人很包容。但就是这样一位朋友，有一次，因为另外一位朋友做的一件小事大发雷霆，进行了非常严厉的抨击，一改她平时温和、无所谓的态度，说了很多难听、刻薄的话。

　　这让我非常吃惊，因为在我看来，另外这位朋友做的这件事，并没有什么原则性的是非问题。最重要的是，这事和 L 君本人八竿子够不着，没有任何关系。

　　后来我才发觉，原来像 L 君这样的人还挺多的。看上去游离于主流社会之外，非常的宽容，对什么都无所谓，你完全无法把"卫道士"这种词儿安在他身上，但其实他的道德标准要求很高。突然有一天，因为你的某个与他无关的行为让他十分不爽，他就会认为你的道德有问题，最后导致他直接翻脸。

不知道大家生活中有没有遇到这样一种人：你们平常有些来往，你觉得他是个非常和善的人，你们之间没有什么利益上的冲突，也没有发生任何矛盾。但是某一天，你想和他说句话的时候，发现他已经把你拉黑了。这让你百思不得其解，不知道自己到底哪里得罪他了。

其实，这样的人可能就像我的朋友 L 君一样，因为你的某句话或者做的某件事，触犯了他们的底线，你从此被判为不道德的人，被他们拉进黑名单了。

通常我们讨论"道德"这个概念，指的都是社会道德。但其实，任何的道德标准，首先是个人的。一个正在成长的小朋友是没有什么道德观的，他最开始并不知道，不可以随便拿人家的东西，直到他的父母和老师教他。

如果一个小朋友没有经历过这种社会化的教育，那么在他的世界观里，就可能从始至终都不知道别人的东西是不可以随便拿的。

人类所有的道德标准，首先是我们在成长过程中，从抚养人那里学习到的个人标准。比如，知识分子家庭的父母认为谈钱是庸俗可耻的，商人父母教育孩子从小要有财商，这两种家庭的孩子会带着对于赚钱不同的道德标准长大，而在什么钱能赚，什么钱不能赚的认识上，也会有很大的不同。

但因为人是群居动物，大家都生活在共同的社会和集体中，所以为了一起生存，必须制定共同遵守的道德标准。比方说不能随便拿别人的东西，这是每个孩子都必须无差别学习的，也是大多数父母一定会教的。那么，这就成了社会公德。一个孩子如果从小没上好这一课，可能长大以后容易走上无视社会公德的道路，很容易被社会孤立、放逐或者惩罚。

除此之外，在个人的道德标准中，如果不影响其他人的生活，即不需要全体社会成员共同遵守的道德标准，那就是个人的私德了。通常情况下，人们在交往中，处理道德问题的顺序是先遵守社会公德，再尊重个人私德。

如果一个人遵守社会公德，他的行为对你没有什么冒犯之处，就会尽量不以你自己私人的道德标准去评价他人的私德。顶多是"道不同不相为谋"，大家不会成为走得太近的朋友而已。

但像 L 君这样的人，是反着来的。他们不太重视"公德"，却对自己的是非体系非常坚持，看起来非常严格。

这就常常会在与人交往中造成一种误会。在你们彼此刚刚结识的时候，你会误认为这是一个很轻松的、不会过度要求别人的人。但慢慢你就会发现，你以为他是很开放的，但他其实会经常在某一方面对你提出非常严厉的批评：我才是唯一正确的，你是不对的。或者，他一直在默默地腹诽你，十分辛苦地一直忍受你一再触犯他的底线，而你对此却毫不知情。

虽然你并没有做过什么违背社会公德的事，但你在他的世界里，是那种德行有亏的人。直到最后，他感到自己再也无法忍受像你这样"道德败坏"之人，终于把你拉黑了。

　　当然了，他是有他的理由，只是解释起来很复杂，也不太好理解罢了。况且他也知道这是自己的标准，说出来难免让人觉得奇怪，因此闭口不谈。所以，如果大家碰上这样的事，倒也不必追问或者觉得奇怪。只能说，人和人最初的交往，常常都源于一场误会而已。

为什么你爱学习是对一些人的冒犯？

大概在十多年前，我一个发小买房，办理房产证时她正好有事情，是她老公一个人去办理的。她老公没在房本上写她的名字，只写了自己的名字。后来她跟我说起此事。我说这不太稳妥吧，会不会有什么问题啊，要不你还是把你名字加上吧。但当时我们不太懂这方面的事情，正好一个朋友的同学是律师，我们都在一个社区玩，也算是网友，我就向他咨询此事。

其实我当时也并没多想，只是有点替发小担心，觉得问清楚了，心里会踏实一点。没想到我的提问，被这位律师一通呵斥：你能不能别挑拨离间，人家夫妻过得好好的，都是你这种人在中间搅和。

我非常震惊，因为我是在向他请教一个很专业的问题，我觉得身为一个女性，哪怕是在婚姻中，为了维护自己的正当权益，去学习一下法律常识，都是无可非议的事。万万没想到，竟然会被一个律师以破坏夫妻关系为理由而横加指责。

后来过了很多年，我看到一则新闻，说是两个人谈恋爱，在恋爱存续期间，男方给女方零零星星打了点钱，拢共四万多。到了两个人要分手时，男人让女人还钱。女人认为这钱是赠与，拒绝还钱。男人就把女人告到了法院。法院认为这是女生的借款。只有当男人打款金额为"520""1314"，或者标明"赠与"的字样时，法院才能认定是赠与。最后，法院判女人把钱退还给男人。

房产证是否需要加上自己的名字？恋爱期间的费用如何分摊？这其实也是法律知识而已。当年我只是因为好奇而想了解一下，我的发小也没打算要闹离婚。

作为女性，作为生活在这个国度里的普通公民，我们主动地去学习国家的《婚姻法》，这也没什么可奇怪的。

实际上，不希望一个人知道太多是在维护一种知识垄断。

举个跟男女无关的例子。

在 15 世纪中期的欧洲，识字的男人只有 10%，除了皇室贵族外，只有僧侣才能接受高等教育，女人则都不识字。即使是印刷术发明后的很长一段时间，普通的老百姓想识字，都会被认为是大逆不道的事。

我记得看过一部电影，印象深刻。一个做学徒的小男孩想识字，去向神父请教，结果被神父一通训斥，认为他僭越了自己的阶层，妄想学习读书写字。

我想这位神父的训斥行为，本质上就是一种想借助知识垄断来维护社会体制性的不平等。这也是任何一个阶级社会中，那些既得利益者自觉或不自觉会做的事。多年前的那个律师，会把我视为大逆不道的女人，进行训斥并且横加指责，他真的是因为怕我那个和他八竿子够不到的发小离婚吗？

　　当然不是了。他是无法接受我竟然妄想学习法律知识，竟然建议我的发小在婚姻中保护自己。

　　我竟然对一些他们认为理所应当的事情有警惕，有觉知，并且我身体力行，非常自然地去学习，去了解相关的法律知识。所以在他眼里，我的行为会打破这种知识垄断。像我这种女人，真是太大逆不道了，这让他感觉到被冒犯了。

　　这就像电影中那个小学徒想学识字一样，在神父的眼里，学习这种行为本身，就是一种攻击行为，这是不守本分。想明白这一点，也就能理解这些人对我的指责了。

　　人类不平等的起源以及维护，是渗透在生活中的这些细微之处的，通过各种方式潜移默化地给你施加压力，对你洗脑。

　　想学习知识这种行为本身，就是在试图打破牢笼，冲出禁锢，所以你无论如何都会听到一些难听的话。哪怕你再有礼貌地去请教都没有用，这和你的态度没关系。所以我才更加坚信，女孩子一定要读书，而且不仅仅是读书，更是要保持终身学习的能力。

　　姑娘们，千万不要因此而退缩，不管这些人说什么，怎样地冷嘲热讽，女孩也一定要学习，并且要终身学习，因为你的人生是你自己的。

我们应该庆幸生活在一个知识唾手可得的时代，一个给了我们很多机会和可能性的、进步的时代。

有些人嘴上说想发财，
但内心是拒绝的

大年初五大家都在迎财神，就聊聊赚钱这件事。

大家看到这个标题了吧，其实我最开始时写的是《聊聊赚钱这件庸俗的事》。但我想了想，把"庸俗"这个词儿给删了，最后又改成了这个标题。

其实"赚钱"就是我们生活中再正常不过的、人人必须要做的一件事而已，完全没必要在这件事之前加个形容词。

但正是这个形容词，它其实是我内心潜意识的一种外在投射，代表了我对赚钱这件事的态度。我之所以把它删掉，是因为我觉察到了自己的这种潜意识后，有意想去平衡和改变自己的这种态度。

这种自我观察的练习，也是这几年我一直在做的、自我成长的一部分功课。

说回到我对赚钱这件事儿的态度，其实是受我父母的影响。我父母一辈子都生活在体制内，是那种拿着旱涝保收的固定工资、财商很低的人。他们人生中大部分财富的积累，都是靠省吃俭用攒下来的。而且他们一个是文人，一个在大学工作，所以从小对子女的教育，就是好好读书，好好工作，为社会做贡献。把发财当作人生的目标，在我父母的"三观"里，都是很 low 的。

即便父母不会特别向孩子传递自己的"三观"，他们为人处世的态度，也会经过耳濡目染，内化到孩子的心里去，变成一种私人的道德感，时时刻刻约束着孩子。

关于这一点，我身边好多写作的朋友和我差不多。但凡在工作中遇到需要谈钱时，大家都抹不开面子，不知道怎么张嘴。出了书，想给自己吆喝一声，都齐刷刷地脸涨得通红，半天憋不出来一句。

另外，我这种人还有一种心理。我也是非常向往财务自由的，也是非常想发财的，嘴上虽然常念叨，内心却非常不相信自己。当我们这种人说发财之类的话时，就是跟大家凑凑热闹，说说笑话而已。其实潜意识里，就是觉得自己是不配的，是不可能的。因此从来不会认真地向往有钱人的生活，也不会认真地琢磨，怎样才能赚更多的钱，让自己过得更好。

这一点，通常也和原生家庭的影响有关。如果你父母觉得自己没有那个命，就会影响你。你会在潜意识里觉得自己不配过更好的生活，以至于有时候明明是能让你赚到钱的事，反倒让你觉得不靠谱，不安心，最后事情就莫名其妙地被搞砸了。这时，你就会对自己说，啊，我果然是没有一点财运的人啊！

赚钱不是一件庸俗的事，但也不是一件容易的事。一心想赚钱的人，未必真的都能赚到钱；而一个总觉得自己不配有钱的人，一定是赚不到钱的。总是自己给自己负面的心理暗示，给自己搞破坏和捣乱的人，不管他的能力再怎样好，他的物质生活质量也是和他的能力不匹配的。

这几乎是个玄学，我拿不出什么证据去证明它真的存在。只是这几年，我屡屡观察自己，意识到这些自我心理暗示，开始有意地去突破自己。比如，关于钱的事，那些不敢说、不好意思说的话，现在我会用比较平常的态度去看待它们了，我会多鼓励自己把诉求表达出来。如果实在不好意思，我也会想办法解决，至少不像从前那样给自己过多的道德审判。

现在我也会因为接了个广告就受到读者的指责，或者因为宣传了自己的新书，收到读者愤怒的留言，说要取消关注。从前每次遇到这样的情况，我真的会很忐忑，很自责。但现在我理解了，那些指责我的人，他们之所以这么愤怒，其实是因为他们在投射内心被压抑的一些东西，和从前的我内心深处一样的东西。

这当然也是小小的道德绑架，但当他们试图绑架我的时候，他们先绑架了自己。

所以有些人会说，你变俗了。不！我是自由了。愿你也得到这种自由。

不管是对爱恨情仇，还是对金钱，无论生活中的哪一方面，人只要能够开始明白自己这么多年，是怎么对待自己、压抑自己的，就永远有希望得到自由，并且什么时候都不晚。

穷也好，富也好，人要过配得上自己能力的生活。否则，内心总会有不甘，总会有愤愤不平，还哪有什么内心平静可言。

所以，祝大家有生之年，好好学习，好好工作，好好赚钱。往后的岁岁年年，咱们一起财源滚滚，在致富的路上，共同进步！

为什么有人吃饭总是剩一口，
而有人房间总是乱糟糟？

　　说件好玩的事儿。前几天我看到一个说法，为什么有的人吃饭总爱剩一口？即使是爱吃的东西，也故意不吃完。其实是因为这样的人有一种逆反心理，从小家里管教得太严格了。所以他吃饭时就喜欢剩一口，是为了反抗父母的管教，无意识间借助这件小事，来满足自己的自由意志。

　　如果是偶尔剩饭，这个说法可能就不太适合了。不过若是对于长期有这种习惯的人，倒也是一种有趣的解释。

　　我认识的一个姑娘就是这样。她妈妈对她管教得十分严格，可以说事无巨细，二十六七岁的人，从来没谈过恋爱，冬天要穿几件衣服，妈妈还要检查唠叨。据我观察，她就是吃什么东西都要剩一口。

　　这真应了那句歌词："什么也阻挡不了渴望自由的灵魂。"即使父母再压制，再控制，孩子对自由的渴望，也会悄悄从指缝间钻出来。如果不能正常地表达，就会通过别的方式表达。

当然了，表达反抗的方式也不都是吃饭剩一口。还有其他的形式，比如拒绝收拾屋子。大家一定看过那种网上的视频，某房东把房子租给一个看上去干干净净的年轻女孩，等到收房子时，却看到房间被搞得一片狼藉，像猪圈一样脏乱差到没法下脚。

从前看到这种视频或者吐槽帖子，我也觉得一个漂亮干净的女孩，能忍受住在这么脏乱差的环境里，简直不可思议。是不是她的原生家庭环境就非常的脏乱差，父母都是不讲究卫生、懒惰不勤劳的人啊？但后来在现实生活中，真遇到过比较邋遢的年轻人，一聊才发现，其实还有另外一种截然相反的可能，那就是她父母的家里其实非常干净，她的父母是非常整洁的，甚至是有洁癖的，而且对女孩的要求过于严格，是那种头发丝掉床上都能唠叨老半天的父母。日常生活中，东西必须放在某处，用过的东西必须收起来……

正是这样的唠叨，让孩子产生了一种本能的逆反心理。当她成年以后，表面上已经离开父母自己独自生活了，但父母的唠叨、严厉和管教早已经内化在她的心里。于是，她下意识要反抗，把屋子搞得乱七八糟，就成为她的自由意志的体现，是自己长大成人、父母再也控制不了自己的标志，是一种自我的解放。

如果你身边也有这种虽然成年但还没有真正独立的朋友，你仔细观察，就会发现他们的防御心理和逆反心理都非常强。有时，一个本来很平常的闲聊、一个很随意的建议，都会引发他们强烈的抗议、拒绝甚至是对抗。然而，这种对抗很可能并不是冲你去的，他们是在反抗他们内心深处的父母。同样的话，和一个人格已经完全独立的成人说，就会得到不一样的反馈，他会放松很多，也没那么较劲。

我在微博上经常遇到这样的网友，在讨论原生家庭关系时，只要我为父母说几句话，对方就会在留言区表达对我的愤恨，对我进行恶毒的咒骂，这让我十分震惊。其实这都是个人内心的投射，他恨的不是我，而是自己的父母。他不自觉地把我代入成了他的父母，觉得我也是想要控制他、教训他的大人。虽然我们素不相识，我对他的人生不关心，但这种"被迫害"的情绪一旦产生，就会引发强烈的对抗。

由此可见，我们的自我，比我们想象的要复杂得多，却也比我们想象的要有趣得多。

人们常说，认识自我是一件痛苦的事。痛苦肯定会有，但也是真的好玩。就看你用什么态度去面对了。当你真的能领会其中的有趣之处时，你会觉得活着真有意思。

小心坏兆头

有段时间，我"喝口凉水都塞牙"。接二连三的破事、坏消息，有大有小。倒霉到什么程度呢？比如我在商店看到一个乳液分装瓶，拿起来看了一下，放回去时，它旁边的瓶子就滚下去，摔在地上，裂了。我只好花 45 块钱把那个塑料瓶买了下来，还是个破的。

这并不单纯是钱的问题，而是让人感觉晦气，心情十分不好。随后我突然意识到，这只是这些日子来，一系列倒霉事情里的一小件，还有其他的坏事就不方便一一去讲了。

这立刻让我产生了警觉，于是开始不断提醒自己：冷静！一定要保持冷静！这是不好的兆头，可能只是个开始，这些兆头之所以不断地出现，都是在提醒你，这段时间要加倍小心。所以，紧接着我去洗手间，会仔细看好我的手机，购物袋挂在厕所墙壁上，心里也会多嘱咐自己一句，出去一定要记得拿哦。

我人生中曾经历过几段这种接二连三倒霉的日子。最开始对这种"坏兆头"有比较明确的意识，是当年我刚刚到杭州工作的时候。

有一天，我的手机莫名其妙地坏掉了，我是个急性子，二话不说，马上找了一个维修点拿去修。结果，很小的一个毛病，就被修手机的人宰了500块钱。2005年时，500块钱还是挺多的。没想到，我还没从被宰的懊恼中反应过来，这部手机就被偷了。

这下真的把我给搞郁闷了，只好又去买了部手机。为了安慰一下自己，我花了2500块买了当时最新款的三星翻盖手机。紧接着，我去上海探望一个姐姐。

那是一个周末，我上午就坐上大巴出发了，本来按计划应该下午1点多到的。结果在出杭州的路上开始堵车，进上海的路上也在堵车。这期间，那个姐姐一直打电话来催问，到哪了？现在又到哪了？搞得我心情也很焦躁。

我们好不容易在火车站见面，这时已是下午5点。姐姐见到我才告诉说，要我陪她去上海交大听莫言的讲座。她说因为等我，时间来不及了。我说那就打车去吧。可是她坚决不同意，说上海很大，打车太贵了，她坚持坐公交。我想说我来掏车钱，但犹豫了一下还是没说出口。于是，我就被她拽上了一辆公交车，火车站前人非常多，要奋力挤才能上得去。

结果一上车，我一摸口袋，新买了不到一个星期的手机又被偷了。因为刚才在大巴上一直跟她联系，下车又被她埋怨，又赶时间挤公交，我就顺手把手机放进牛仔裤的兜里，被站前闲逛的小偷给盯上了。

这个姐姐知道了后，把我数落了一通，说我为啥那么不小心。我的心情简直糟糕透了，已经无力反驳，只是默默站在她身边，任由自己被车厢里的人推来搡去。

公交车开了很久，天渐渐黑下来，我们还没有到达。外面的天空开始电闪雷鸣，天气阴沉沉的。过了一会儿，开始下起了暴雨。我们下车时，正好是雨最大的时候，公交车停在空旷的立交桥上，周围也没有建筑物，漆黑一片，大雨倾盆，好像世界末日一般。

姐姐没带伞，我只带了把太阳伞，我们只好撑着一把伞在暴雨里前行。一阵大风刮来，还把我的伞给掀翻了。

终于到了交大讲座的阶梯教室，讲座早已开始。姐姐带着我，一推门，大摇大摆地就进去了。你能想象得到吗？莫言老师讲着讲着，突然门被打开，进来两个落汤鸡一样的女人。那种场面，估计莫言老师也得愣一下吧。

人很多，姐姐一屁股就坐在了第一排的一个空位上。我则溜到后面，找了个地方坐下。我浑身都是湿的，滴答滴答地淌水，因为丢了手机，整个人陷入一种沮丧和发蒙的状态，虽然这里没人认识我，可我依然觉得非常尴尬和羞耻，很想找个地缝钻进去。那种心情真是难以形容。至于莫言老师那天到底讲了什么，我是一个字儿都没听进去。

后来，我回想起那几天发生的一些事情，至少那天在我心烦气躁地坐长途大巴遇到堵车，就已经是一个很明显的坏兆头了。如果我后面更加注意一点，至少新买的手机是不会弄丢的。

中国有句老话，"福无双至，祸不单行"，可能是有点逻辑的。当一件坏事发生，开始让你心绪不宁时，会导致你注意力不集中，心神恍惚，心情沮丧，紧接着就可能还会发生更不好的事情。

表面上看来，都是因为运气太坏了，其实这和人的心理状态是有密切关系的。

所以，后来在我的生活中一旦出现一连串倒霉事时，我会赶紧提醒自己：冷静！冷静！不要急！不要慌！不要丧！不然还会有更糟糕的事发生。至少手机、包包要看牢，出门要多注意安全等，把能做到的都做到。

不知道这样有没有用，总之我现在是非常重视文章最开始说的那种小事。每当感到最近一段时期又要开始倒霉了，我就乖乖地趴下，躺好，把能捂住的都捂牢，接受不得不损失的，尽量把损失降到最低。

对的人，连呼吸都能提供情绪价值

现在流行动不动就讲情绪价值，特别是在分析情感关系的利弊时，好多人开始分析，谁能给谁提供什么情绪价值。

这种分析我听过不少，也不能说完全没有道理，不过通常情况下会把一段感情搞得好像在做生意。你想让别人爱你，你需要提供什么，需要去做什么，你应该这样做，应该那样做。总之，有很多以提供情绪价值为导向的招数。

但很多人不明白的一点是，谈感情和做生意有本质上的不同，它是有很大的玄学成分的，全凭关系中一个人的主观感受，而不是完全靠后天努力。

这么说吧，如果对方是对的那个人，他哪怕什么都不做，就站在你身边喘气儿，都能给你提供情绪价值。如果是不对的人，哪怕他体贴入微，鞍前马后，想尽一切办法为你提供情绪价值，你都烦得要命。就算他散尽千金，你愿意为钱忍受，那也是忍受，但你得到的是优渥的物质生活，并不代表你得到了情绪价值，这是两码事。

不拿爱情举例，因为爱情有很大的荷尔蒙和性吸引力的成分。我还是拿友情来举例吧。

我不知道大家身边有没有那种只要他在你身边陪伴你，你就会觉得很安心的朋友。我第一次体会到这种感觉，是我刚来北京时，那时我的生活非常窘迫，刚刚认识了绿妖老师。有一次，我因为心中烦闷，跑去她家找她，聊了几句后，我就借用她的电脑开始写稿子，她在一旁看书。我俩没有什么交流，就那么在一起待了一下午，但我内心安静了许多。后来我发现，绿妖老师身上有一种沉静和淡定的气场，你只要靠近她，就能走进她的这个气场，让人觉得十分安心。

所以朋友们在一起时，畅快聊天当然让人很高兴，但不说话时，仅仅是待在朋友们的气场里，也是非常好的。

我们的朋友邦妮的气场充满了蓬勃的生命活力，玛玛则是宅心仁厚，有时候姑娘们聚在一起聊天，我没有那么多想说的话，只是安静地和她们待在一起，听她们说话。我很单纯地喜欢她们的气场，弥漫在我身边，包裹着我，让我感觉温暖和安全。

她们对于我来说，就是对的人，所以她们不用为我做什么，能待在她们的气场里，就让我觉得很幸福了。

一个人向外界传递自己的信息，其实并不仅仅靠语言。人是全息的、立体的、有血有肉有温度的，哪怕一句话不说，我们每个人都可以向这个世界表达很多很多。

而人的气场不是一朝一夕形成的，它散发的各种信息元素，会感染身边的人，有的让人安心，有的让人感到生命活力，有的让人觉得焦虑，还有的让人恐怖、忧郁……

比如，一个对自己都没有自信、焦虑、患得患失的人，你教他一些招数，告诉他在感情中怎么给别人提供情绪价值，安抚别人的情绪，其实成功率都不大。因为他自己浑身散发着焦虑的气息，让人一靠近都觉得心跟着发慌。

所谓提供情绪价值，其实只是一种技巧，倒也不是不能学，但是人的情绪，终究比这些招数复杂得多。所以啊，这对的人，他仅仅是存在，都能提供情绪价值；如果是不对的人，只会做多错多。当然，如果对的人，还愿意提供情绪价值，夫复何求。

不过话说回来，也正因为如此，许多时候，如果你十分努力地想对别人好，想为别人做这做那，结果适得其反，那不一定是因为你不够好，或者你做得不好，只不过对于人家来说，你可能不是那个对的人。

看见自己，就能拯救自己

不要怕错过什么，错过的都是不合适的，
好的缘分如果到了，你不可能不知道。

看懂父母，才能看懂自己的命运

很多年前的一个深夜，我睡不着，就打开电视机。当时正在播一个午夜情感类的节目，那天接受调解的是一对母女，我已经不记得两个人之间的具体矛盾是什么了，只记得女儿在节目中说了很多母亲对自己的伤害。母女俩都哭了，母亲虽然也很痛苦，但她依然试图缓和与女儿的关系，女儿对母亲的怨念太深，说什么也不肯与母亲和解。

现场有一位心理咨询师，是个严肃的中年女性，她一直默默地看着母女俩。这个时候，她突然对女儿说："我不是为了你母亲劝你们和解，我是为了你，因为一个女孩，如果恨自己的母亲，那她的心里就太苦了。"

这句话让我大为触动。在此之前，我只是完全理解那个女儿对母亲的责怪，从未从这个角度去看待母女关系的问题。

没错，身为女儿，确实可以选择主动跨出这一步，原谅母亲。

可问题是，凭什么？凭什么女儿在小时候受到了伤害，长大后，还必须要自己去主动沟通？难道是为了所谓的孝道吗？还是为了所谓的"天下无不是的父母"？难道为了让母亲内心好受一些，就要原谅她犯过的错误吗？那谁真正在乎女儿的心呢？

很多人都卡在这个问题上没有想通，所以即便他们逼迫自己与父母示好和沟通，也只会让自己更痛苦吧。受过伤害的孩子，明明已经长成为大人，有了自己独立生活的能力，也有了自己的主见，不再依赖父母生存，有什么必要非得回头去揭疮疤，让人生变得那么艰难，重新体味那些痛苦呢？

说到底，还是因为跑不掉吧。我所说的跑不掉，并不是指不能推卸责任和义务，而是一个人无论到了什么年龄，即使走到海角天涯，你可以组建家庭，可以有自己的生活，可以离父母十分遥远，甚至再也不和他们联络，但你终究还是逃不掉父母对你的影响。

因为他们哺育你成长，他们在你的命运里，他们和你共同生活，培养了你的生活习惯，向你灌输了他们的观念，他们给你做的饭决定你最初的口味，帮你挑选的衣服决定了你的审美，对你的责怪、惩罚，或者给你的夸奖和肯定，形成了你最早的自我评价……这点点滴滴、无数日常的生活，将你塑造成为现在的你。不管好的、坏的，你身上一定会有父母的烙印和影子；不管你逃到哪里，你都逃不出自己的童年。

我们总以为自己是和父母不一样的人，直到有一天突然发现不经意间，说出了我们父母说过的话，做着他们做过的动作，才知道，我们是那么像他们，他们已经被内化到了我们的灵魂里。

所以，一个女儿如果恨她的母亲，那她的日子就实在太苦了。这不是在为母亲说情，而是在心疼这个女儿。因为她自己身上就有像母亲的那一部分，她很可能也会在潜意识里恨自己的这些部分。母亲是个严格的人，女儿可能对自己和别人都很严格；母亲很粗暴，女儿的脾气可能也会不大好，她可能既控制不住自己的脾气，又厌恶这样的自己。

如果真是这样，那就太痛苦了。许多孩子都以为远远地走掉，就可以逃离父母的一切。结果有一天发现，自己的一生都在受他们的影响。

我有一个朋友，从小父亲脾气暴躁，重男轻女，对她的伤害很大。她远远地逃开，可是在她离开原生家庭多年，结婚生子之后，却中了邪一样，又爱上了一个跟她父亲一样的人，她却浑然不觉，还差点为此失去了自己的家庭。

这样的故事狗血却不新鲜。有的人会说这都是命运，可在我看来，命运是什么？命运就是你不能逃离你的父母，你只能去面对，好好地看清它。否则，它总会有办法、有机会，让一些事在你的生命中一再轮回，反复出现。

有觉知的人，至少可以尝试着选择，做出改变。毫无知觉的人，有一天，可能会无意识地用他们父母的方式对待自己的爱人和孩子。而这些方式，都是他们曾深感厌恶的。

我也有曾和母亲关系不好的阶段。也许是因为写作，我很早想通了这一点，所以主动去沟通，我想了解自己从什么地方来，是怎么被塑造的，我身上的优点和缺点是怎么来的。因此我也愿意去了解我的父母，想尽量客观地评价他们。

这种事当然是双方都要努力，但我至少很明确一点，我选择主动去沟通，是为了我自己好。从自己的角度出发，我始终有沟通的意愿，相信自己作为作家的理解能力；更重要的是，我对了解自己抱着浓厚的兴趣，对接纳自己怀有期望。

我一直鼓励我的那个朋友和她爸爸好好谈谈，把小时候的委屈跟她爸爸说清楚，她总是说没用。有一次她回老家，家庭矛盾再次爆发，她想起我的话，就鼓足勇气，认真地和她爸爸谈了一次，这也是她这辈子第一次和爸爸这样交谈。令她吃惊的是，她爸爸向她道了歉。

我自己也经历过同样的事。虽然我早已解决了很大一部分自我怀疑和自我贬低的问题，但是在我和父母，尤其是母亲的关系变得特别好、特别亲密，在她开始赞赏我之后，母亲的肯定所给予我的力量，还是超出了我的想象。这确实让我觉得比从前更幸福、更自信。为此，我感谢我的命运。

所以我想，每个人解开自己的命运之谜的密码，都有很重要的一部分答案在他们的父母身上。纵然有的父母做错了很多，子女不必强求自己去原谅他们，但至少可以试着去看清楚他们、了解他们。因为看清楚他们，才能看清自己、看清自己的命运。有些事，要先解决"Why"，再解决"How"，如果连"Why"都没想通，就直接去解决"How"，多半是不成的。所以不要勉强自己，慢慢想一想，顺其自然，等想通了再说吧。

也许有一天，当我们做好了心理准备，发自内心地想通过看清楚他们，来看清楚自己的时候，怎样去沟通这个问题，会答案自现的。

性格太宜人，
是你职场发展的障碍吗?

　　学到了一个新词："宜人性"，这是几年前在网上很红的加拿大临床心理学家乔丹·彼得森在接受英国第四频道女主持人凯西·纽曼采访时提到的一个词。

　　在采访中，乔丹·彼得森认为，很多女性在职场上会采取一种宜人性的策略。简单点解释，就是比较看重人际关系的和睦，不喜欢竞争，害怕别人评价自己带有攻击性等。不知道别人是怎么看待这个观点的，就我自己而言，确实好像是这么一回事。

　　比如我曾在报社工作，因为领导非常赏识我的能力，就把本来属于别人的版面交给我来做，导致别的同事被分配到的工作很少，当时这份工作是要算绩效津贴的，每到月底时，我因为做的版面比较多，拿到的钱要比别人多。虽然这些都是我的辛苦劳动所得，但这仍然让我非常不安，便开始找理由推脱领导分配给我的工作，以至于报社领导认为我不愿意为集体做贡献，后来有更好的岗位空出来，就提拔了比我小的一男一女两位同事。

当时我心里很委屈，也曾怀疑这是不是对我的性别歧视加年龄歧视。可是后来我想清楚了，如果你给领导留下的印象是你不愿意冲锋陷阵，不愿意承担更多的责任，那人家为什么要主动给你升职，委以你重任呢？

我还有过一份工作，做了四年没涨过一分钱薪水，虽然任劳任怨，从不出差错，我的工作成绩甚至经常被部门领导拿去跟大老板邀功，大老板在看到我的作品后也会特意打电话给领导夸赞我，但因为我的性格太宜人了，连提加薪都不好意思张嘴。直到后来我知道同级别的女同事薪水比我多三分之二，才幡然醒悟，找了个机会为自己争取到了一点点公平。

在这件事上，给我上了很重要的一课的是我的一位男性友人，他给我讲了他在一家国内知名时尚杂志工作的经历。那时候他刚刚进编辑部一个月，他发现编辑部在管理上有很多问题，便主动去找主编，对编辑部的工作提出了一些意见。主编非常赞赏他，就说那这些事不如你管起来吧。他就趁机说，师出无名，你得让我当编辑部主任，我才能做啊。结果他就这样升职做了编辑部主任。

我听后，非常震惊，难道这样做人家真的不会说三道四吗？后来我从他身上一次次地看到他充满自信、充满攻击性和竞争力的成功案例，让我明白了一点，如果想在职场上有所发展，仅仅能吃苦，把分内的工作做好是不够的，你还必须要善于且勇于为自己争取机会。而且据我观察，许多领导和老板本身就是有攻击性、进取心的男性，他们本能地会喜欢提拔和自己相像的人，其中有没有性别歧视呢？也许有，但应该也不全是。缩手缩脚的性格，即使在女老板手下，恐怕也是一样会变成小透明。

乔丹·彼得森认为，女性在职场上常常采取更宜人的策略，这是导致女性的能力和收入不匹配的一个原因。这让我想起"脸书"高管谢丽尔·桑德伯格（Sheryl Sandberg）讲过她观察到的一个职场现象：员工开会，会议室有两圈椅子，许多先进来的姑娘，会自动坐到第二排。桑德伯格曾邀请她们到前排就座，但姑娘们总是推脱说坐这里就很好，而后进来的男士则想都没想，直接往第一排坐。桑德伯格说，如果你自己不向前一步，争取让你的老板看到你，你怎么能有更好的机会呢？

不少姑娘都遇到过这种事，单位聚餐，某位男同事会在饭桌上当着其他同事和老板的面，对她说："你们做女人就好了，干不下去可以回家生孩子。"这些姑娘非常愤怒，但她们描述自己当时的反应大多数是"心里冷笑""不言语"，她们压抑了自己的攻击性，而在网上遇到类似的事情，在评论区里吐槽时，却表现得非常勇敢和激烈。

亲爱的姑娘们啊，别人当着领导、同事的面，暗示你们不会好好工作，这种话必须当面反驳才行，因为那才是真正影响你升职加薪的事，绝不可以在心里冷笑一下就算完了。这等于是一种默认。相反，在网上跟不相干的网友据理力争，厉害得不行，有什么用呢？现实生活真正需要自己捍卫时就秒怂，那是没有用的。

长久以来，"野心""攻击性""争强好胜""太强势"这些特性都被看作是女性的缺点，这导致很多职业女性压抑了自己这部分的竞争力，只好采取"宜人性"的职场生存策略。然而，这种宜人性的生存策略，又会让女性被认为能力不够，没有进取心，从而失去了更好的升职加薪机会，这就形成了一个死循环。

一般来讲，女性需要对事业有超强的欲望，才能克服这些洗脑包造成的心理障碍。当然，也有些女性由于个人的成长经历，没有接受过这种"女德"教育，最后在事业上取得了成功。但更多有工作能力的女性，确实被这个障碍所限制和困住，在事业上，没能跨过这道藩篱。

我自己就是最好的反面典型。在职场上该争的要争，该抢的要抢，不需要"太宜人"，我是在离开了职场、做自由职业者之后，才彻底明白的。如果时间倒流，可以重来一遍，我想我会更有兴趣试一试另外一种做事的方式，挑战一下自己。至少自己的努力所得，应该配得上自己的真正实力。

我真心希望那些真正有天分、有才能的年轻人，能更自信、更有勇气地追求自己想要的一切。人生虽然没有绝对的公平，但愿你克服心障，振翅高飞。

不要越活越委顿，
机会是留给被看见的人的

几年前赋闲在家时，一个大公司的项目找我，接起电话来，是个陌生的男性。我正觉得奇怪，他自我介绍后跟我说，是某位老师把我的联系方式给他们的，这位老师推荐我来做这个项目。

我很吃惊，我和那位老师只是偶然一起吃过一次饭，互相在微博里关注了一下，偶尔浅浅地互动几句，真没想到他会给我介绍这样的工作。后来，我在微信里跟他道谢，他也只是淡淡地说，别客气，举手之劳而已。

这样的事我遇到不止一次。

还有一次，一个我不太熟悉的朋友突然打电话问我，说他一个朋友的杂志正在找合适的人当主编，问我有没有兴趣。结果，我不费任何力气就得到了那份薪水很不错的工作。后来我才知道，当时那份杂志上一任主编刚辞职，老板急着让我这个朋友帮忙找人，他放下电话刷微博，正好看到我在跟人讨论事情，就突然想起，这个人好像可以，不如问问她吧。于是，就促成了这样一次合作。

其实，身份调换一下，这件事也很好理解。我以前当主编招编辑时，也曾拜托朋友给我推荐合适的人选，但一般拜托了好多人，真有那么一两个朋友会给你推荐过来合适的人就不错了。

首先，因为编辑这个行业，对个人素质还是有很高要求的。其次，你拜托的朋友也会心里有个掂量，对于不熟悉不靠谱的人，不好贸然推荐给你。有的是能力不行，难当重任；有的是条件正合适，但人家有工作，或者其他的客观条件不允许；而大多数情况是真的想不起来有什么合适的人选。

所以大多数人都会说，我会帮你留意的！但回去专门为此把自己的通讯簿翻一遍的人很少。如果这个时候，他刷微博或者微信朋友圈，正好看到你出现了，没准儿他就会想起来，哎！这儿有个人不错啊。于是引荐你一下，可能也就是件顺手的事。

英语有一句谚语，叫作"Out of sight, Out of mind"，国内习惯翻译成"眼不见，心不烦"，但其实它也有"看不见的就压根想不起来"的意思。

说回到找工作这件事，朋友和爱人当然会帮你留心各种机会，但他们可能跟你做的根本不是一个行业，即便再怎么关心你，在工作上也是爱莫能助。而从职场角度来讲，哪怕是当年在同一个办公室朝夕相处的同事，对你的能力很认可，但如果不是处成了朋友，一直有联络，脑子里也可能根本想不起你来。

我两次被人推荐的经历，不是因为我在对方认识的人里是最有才华的，也不是因为他们对我情有独钟，就是在他们要找人时，我正好出现在他们的视线里。不过话说回来，这也不能完全说是凑巧，是因为我经常在微博和朋友圈发言，才有了后面的事情。

常言道，机会是留给有准备的人的。但对于我们大多数普通人来说，在同等条件下，机会是留给被看见的人的。可能有的朋友听到这一点就觉得为难了：我不是一个特别爱出风头的人，怎么办啊？

其实我也不是呀，但我觉得，只要自己不是越活越委顿，能够始终保持适度的和外界沟通的状态，至少让大家知道，我还活着，我没有隐居，我身体健康，很有活力，我还在工作、学习，努力跟上时代的脚步，我没有掉队，我的头脑很活跃，还在关心这个世界，就可以了。

那些光芒四射的人当然很容易被看见，但如果我们不是这样的人，其实也没关系，经常出现的人，也一样会被看见。即使不被看见，也并不损失什么，不是吗？

不会出头不必强出头，但人无论如何，都不要活得太向内收缩了。很多人都是因为慢慢缩回到自己安全的壳里，最后跟这个世界彻底失联了。他们放弃了世界，最后也被世界放弃了。

当你觉得人生已经跌到谷底时，
你其实还可以更惨一些

2018 年，听到意大利导演贝托鲁奇去世的消息时，我正和几个朋友在重庆旅行。彼时在网上被热议的消息，还有一位家喻户晓的歌手吸毒和一位著名演员在日本家暴后自首。那天晚上，我们几个人吃完晚饭，走在回酒店路上，我随口感慨道，不要觉得你的人生已经倒了霉，因为它可能还没跌到谷底，你还可以更惨一些。

朋友一听我这话，纷纷制止我，说这话太丧气了。我连忙解释，我的意思其实是，人生的下坡路是最容易走的，所以真的不能放弃，不管如何也要蹬两下腿儿，努力浮在水面上啊。

我之所以这么说，是因为想起贝托鲁奇的一部电影《被遮蔽的天空》，相比起他的代表作《戏梦巴黎》和《末代皇帝》，这部电影很少被人提起。说来也奇怪，我一直觉得自己其实并没有那么喜欢贝托鲁奇。这个老头对我来说，就像是一个老怪物，我甚至总把他的名字叫成"贝鲁托维奇"，每次写文章，都要现去核实一下。我也从来都记不住他的长相，当别人问我最喜欢的导演时，从来想不起他。

然而，他的电影我基本全都看过。这部《被遮蔽的天空》更是我私人观影史中一个奇葩的存在，整整两个多小时的大闷片，我竟然看过四遍。而且我根本不喜欢它，每次都是因为我忘记已经看过这部电影，然后顺手把它点开，结果在看了一半时，才想起看过这部电影，但还是就那么继续看完了。最匪夷所思的是，有一年我去台湾，竟然还从台湾诚品书店背了它的原作小说回来，后来也没看，一直放在我的书架上。

这个故事的开头，是两男一女一起去非洲旅行，其中一对是夫妻，男人是作曲家，女人是作家，还有他们的一个朋友。这对夫妻的婚姻已经走入末路，想借旅行的机会修补关系。两人虽然还爱着彼此，却对这段关系越来越绝望，在精神十分苦闷的情况下，妻子和同行的友人偷情，而丈夫则在当地嫖娼时惹怒了当地人，被女巫施加了诅咒。

三个人继续向非洲荒无人烟的沙漠腹地行进，每到一个新的城镇，都比上一个城镇更贫穷，更衰败，更肮脏。丈夫丢失了护照，还染上了瘟疫，只好去重签护照，朋友在半路上和他们分头行动。在沙漠的一个英军驻扎地，丈夫在妻子的怀抱中死去，在此之前，他从没想过自己会死在非洲，虽然他总是有自毁倾向，花样作死，但他的内心深处，其实并不相信自己会真的就这么死了。

你以为故事就这样完了吗？并没有。这位妻子由于大受刺激，精神恍惚，离开了驻军基地，一个人走进了沙漠。在沙漠中，她遇到当地的一群阿拉伯人，其中有一个年轻的阿拉伯男人，看上去是当地的贵族，看中了她，把她带回家，关了起来。女人成为这个男人的性奴，她的意志已经完全被击垮，成天浑浑噩噩，得过且过，何况男人并不虐待她，她也就甘于过这样的生活了。

谁承想，这个男人家里的一大群老婆是不答应的。有一天，她们趁男人不在家，把她轰了出去。于是，她流落在非洲陌生的城镇，没吃没喝，彻底变得疯疯癫癫，变成我们日常生活中在街头看到的那种疯女人。

电影终归是电影，贝托鲁奇终归没有那么狠心，最后还是给观众留一些希望。半路离开的那位朋友后来赶到驻军基地，当他发现同来的两个伙伴一个死去一个失踪后，他并没有离开非洲，而是一直在找女人。在电影的最后，朋友终于找到了女人，她被带回到最初旅程开始的那个小咖啡馆，眼前的一切已经物是人非。

当你觉得你的人生已经十分悲惨，跌到谷底时，生活往往会用事实教育你，你还可以更惨一些，人一旦走上了下坡路，是可以一跌再跌的；人生的低谷，是可以深不见底的。那些作死的人，内心深处其实并不觉得自己的命运真的会一路下坡，但最后就是这样，再也没有爬起来。这就是我每次看完这部电影的感受，我甚至无法确定我对电影的这种理解对不对，是不是导演真正想表达的东西，但这部电影就这样莫名其妙地留在我的记忆里，一直就这样提醒着我。

在文章开头提到的那位著名演员和歌手的新闻，让我想起了这部电影，虽然平日里对两个人关注不多，但大概可以知道那位演员的事业发展并不顺利，所以他选择去日本上学，也许心理状态已经很糟糕，完全控制不了自己的情绪，结果做出了家暴女友的事，可以说他本来已经在走下坡路，自己还踩上了一脚油门。家喻户晓的歌手其实起点更高，但是人哪有可能一直红，他是什么时候开始悄悄走上这条下行道路的，不得而知，可能比我们外人观察到的更早，但他或许从来没想过会有今天，就好像我所讲述的电影里的男人，虽然他作天作地，破罐破摔，但他从来没有想过，自己真的会把命丢在非洲。

许多人都会在人生不顺时，迷信自己终有一天一定会触底反弹。人们不相信命运会这么残忍地对待自己，一点机会都不给，但有的人一旦开始走下坡路，就真的一再探底，再也没能回头过。想想寒冷冬天的街头拾荒者、无家可归的流浪汉，他们可能也曾有过很不错的生活，他们的人生也不是从一开始就那样悲惨，只是不知道什么时候厄运开始了，走了下坡路，就一路向下滑去。

所以我一直觉得，当一个人已经足够倒霉时，虽然可能感到无力挣扎，没什么办法改变现状，但至少要求个稳，万万不要太作，也不要放弃，更不要破罐破摔，因为真的一激动摔了之后，可能才知道，原来有个破罐子比没有强。本来已经走在人生的下行通道，再不知死活地自己一脚踩在油门上，那只能加速下行，最后导致完全失控。那时你就会知道，以前你所抱怨的都还算是好日子，不要肆意去探命运的底，命运深不见底。

人生的路走到这里，其实早已没有什么要做人生赢家的豪情，只是想当有一天生命结束时，仍然算是个体面人。作为一个运气始终不太好的人，好多时候，我人生的低谷就是这么一点点熬过来的，虽然不算特别成功，但也绝不想当什么"被嫌弃的松子"。虽说是拼尽全力，也只不过过上了普通人的生活，但想想脚下那深不见底的深渊，就还是咬咬牙，继续拼尽全力吧。拼尽全力地过好每一个平常的日子，除此之外，我不知道还有什么更好的选择。

看见自己，就能拯救自己

由于各种因缘际遇的关系，几年前我莫名其妙地被命运推动着，跑去考了心理咨询师资格证书。然后就好像掉进了一个大坑，拿到了咨询师资格证书，发现好像没什么用，于是又找了一家机构实习了半年。

不怕大家笑话，最开始实习时，我是抱着当心理咨询师、治病救人的想法去的。所以当老师说，心理咨询师首先都要经过个人成长时，我对自己信心满满，毕竟我当过老师，又是作家，自己修炼了这么多年，我的心理健康得很，根本不需要什么心理成长了。但我的理性还是告诉自己，要抱着开放的态度去学习，不能自以为是，去听取别人的意见。

现在想来，当时虽然多多少少有些自以为是，但意识上能时常告诫自己，还是十分有用的。在这半年的实习中，我收获很大，可以说是打开了新世界的大门，开启了我个人心灵史的一个新时代。比如我从前不敢看恐怖片，哪怕最拙劣的恐怖电影，意识里清清楚楚地知道那些都是假的，我都不敢多看一眼。实习了几个月之后，有一天我突然发现，这些恐怖电影好像不再让我害怕了。于是，我找了许多经典电影来恶补。我跟老师说起这件事，老师也有些吃惊，说这是我的心理能量变强了。

但这并不是我最大的收获。最大的收获是，我在做催眠体验时，发现自己反复出现死亡意象。不是真的死了，而是总会看到自己处于生不如死的境遇里。比如有一次，在进入半催眠的状态时，我本来好好地走在一条山路上，四周风景宜人，空气清新。走着走着，脚下的路突然塌了，我掉下悬崖，但并没摔死，而是正好卡在了悬崖下的一棵树上。

老师问我什么感觉，我说感觉恐惧。老师说你是害怕死吗？我说我不是怕死，我是怕自己生不生、死不死地卡在树上一个多月，活活被饿死，耗死。老师问你为什么不呼救呢？我说不会有人来的，我也喊不出来。

类似这样的境况，也在我之前的体验中反复出现。后来老师提醒我，说我其实是在害怕生命中的无常事件的发生，我的胆子太小。我当时对这句话有些不明就里，但是"无常"这两个字，却像是一根针，戳在了我的心上。

在那次上课之后的某一天，我在下楼时，脑海里突然闪过一个画面：我从楼梯上一脚踩空，失足滚下去，摔断了脖子，导致高位截瘫。这个画面描述起来时间可能有点长，其实它在我脑子里瞬间闪过，也就只有那么 0.01 秒。我突然意识到，类似的画面曾无数次出现在我的脑海里。比如我在路上骑自行车，眼前会闪过我突然被刚刚从身边经过的大卡车卷进巨轮的画面；我的游泳技术其实还可以，但在游泳池之外的地方，只要往水边一站，我脑海里就会闪出自己溺水的画面。

我这才发现，脑子里这样的瞬间实在是有点多。我从前从未意识到它们的存在，更别说知道它们提示了什么问题了。我几乎不能相信，我知道自己是个胆小的人，但总是不太当回事，原来"胆小"是因为害怕命运的无常，害怕生活中突如其来的意外事件。随即我恍然大悟，这些恐惧都源于我在上中学时，父亲的突然中风瘫痪。其实从悬崖掉下来，被困在树上，只能等着活活被消耗，直到生命枯竭，映射的就是我父亲中风对我们整个家庭、对我的影响。

我以为这些事早都已经过去，现在回想起来，父亲病的时候，我的年龄还太小，家庭遭此变故，小孩子也帮不上什么忙，唯一的责任就是要乖，不惹事，不给大人添麻烦就好。所以，我就跟没事人似的平安长大，好像对什么都无所谓，大人也无暇顾及，而且在那个年代，也没有那么多的心理学知识，没有人知道并帮助你处理这些心理应激性的创伤。人们甚至不知道，什么叫心理应激创伤。

没想到它会以这样的方式，一直影响我到今天。我也许不是那种有巨大能力的人，但我仍然可以确定，我压抑了自己真实的潜能，因为我太害怕生命的无常，这让我不敢去冒险，不敢去争取自己想要的东西。

我今天的生活，和我自己的能力并不匹配。我今天取得的这一点小成就，都是被生活逼到走投无路时，勉强动一动，努力去挣扎一下，才取得的。

明白这一点后，我突然就释怀了，未来的人生还有几十年，方向也很清楚了。我内心深处那个被卡在生死轮回间的胆怯小女孩，她终于被我看见了。我对她说，不要再害怕了，一切都会好起来的。

北京的天很蓝，那天早上起来，我坐在窗前，看着窗外阳光灿烂，哭了好久。我看到了这牢笼，几十年前命运在我心上砍下的这一刀，到现在才被看到。原来它其实从未离开我，而是以这样的方式一直在默默运作着，影响着我的人生。但我也因此看到了生命中那些帮助过我的朋友、亲人，他们一直在拉着我，接住我，我比从前更感谢他们。

几十年前留下的伤痛，到了几十年后，才终于看到。这条路，真是太漫长了。十几岁的时候，我觉得活着毫无意义，但如今，我庆幸自己坚持活了下来。我知道，其实人都是自己成全自己，我不相信心理咨询能拯救所有的人。面对这种事，还是自己的悟性最重要，有时还需要运气，就像我这样。

我也知道，自己毕竟经过多年写作的自我训练，并不是所有人都像我这样有看见自己的勇气和剖析自己的能力。但也有许多朋友，他们真的什么都好，悟性高，天分强，可就差那么一层窗户纸。捅破了，就能看到自己，剩下的问题，他们有能力慢慢解决，从此海阔天空，觉得自己已经很好的时候，发现还能再往前走一步。

这件事也让我下了决心，要通过写作的方式，将自己所学分享给大家。帮助更多的人能看到自己，自己救自己。

看见即慈悲，被看见就是抚慰。希望有一天，我们都能看到自己，学会对自己慈悲的方式。

抱怨，是对自己的诅咒

美国科幻作家特德·姜[1]的《你一生的故事》是一部短篇集，其中第一篇《你一生的故事》就是几年前的科幻电影《降临》的原著。故事讲的是外星人来到地球，一位语言学家被派去和被称为七肢桶的外星人沟通，语言学家在学习外星人的语言时，发现外星人的语言和思维方式都不是按照时间线的逻辑进行线性描述的。由于思维习惯的不同，这些外星人有预知未来的能力，所以语言学家在此处提到了一个问题，让我觉得特别有意思：

要是七肢桶事先早已知道它们会说什么，会听到什么，为什么还要白费唇舌浪费语言？这是一个合乎情理的问题。

---

1 特德·姜是美国华裔科幻作家，曾获得星云奖、雨果奖、坎贝尔奖、斯特金奖等美国科幻大奖。2023 年，入选美国《时代》杂志"人工智能领域百大影响力人物"。

但问题是，语言不仅仅是一种交流工具，也是一种行动。按照语言—行为理论，诸如"你被逮捕了""我将为这艘船命名为……""我保证"这些语词，其本身就是行为，仅当说出这些之后才算完成——话一出口，行为既成。对于这些行为而言，预知会说出什么话并没有太大关系。婚礼上人人都知道会有一句"我现在宣布你们成为夫妻"，这无关紧要。重要的是主婚人说出这一句话，没有这句话，只有其他仪式是不行的。对于陈述这句话而言，说话就是行动。

解读一下上面这段话，意思就是，对于外星人来说，所有的事情都像已经写好了的剧本一样，所有说出口的话，都是一种行为，是剧本的一部分，所以它们所说的话不是用来交流思想的，而是让剧情完整。说出这句话，就像说出台词，让预言按照剧本那样实现。无论什么对话，七肢桶全都事先知道双方会说些什么，这是事实。但为了让它们所知道的对话变为真正的事实，对话仍然必须进行。

这很有趣，其实在写作上，有"怎么说，就代表说什么"的说法，"怎么说"的本身就是一个行为，这个行为的完成，有其意义，而不仅仅是说话的内容才具有意义。恋人之间总希望听到对方一遍遍地说"我爱你"，这并不等于他们觉得对方不爱自己，但他们仍然希望听到这三个字，这句话让爱情更有现实感。你愿意说你爱我，这个行为本身就具有非凡的意义。

我一直以来都坚信，语言本身是有魔力的。一个人说什么，写什么，怎么写，怎么说，常常会反过来直接对自己和身边的人造成心理暗示，从而对自己的生活起作用。因此，对于很多东西，我选择不写，不是因为自视清高，而是了解语言的力量，对表达，对生活都怀有敬畏之心。

举个例子，这些年来，我观察身边的人，发现一个有趣的现象，就是那些不抱怨的人，日子可能过得有好有坏。但整天抱怨的人，几乎没有一个过得好的，而且常常是越过越不好。如果语言真的有魔力，抱怨就像咒语，每天抱怨，就像每天诅咒自己，也同时诅咒着身边的人，念着念着，日子就真的变成他们所描述的那样了。

许多人觉得自己说的那些都只是负气的话，只是说说，解解气而已。但就像前面所说的，有些话说出来，会让一些事情变成某种现实。你如果不希望它成为真正的事实，就别总把它们挂在嘴边，否则，你恐怕会"如愿以偿"。

有朋友说，那如果我心里憋屈，抱怨一句两句还不行吗？当然行，但如果每天都在抱怨，就看你自己的命有多硬，能不能扛得住吧；看你身边人的心理素质有多强大，能不能长期在这样的心理暗示下不受影响。人要多给自己正面的、积极的心理暗示，真的可以改变运气。偶尔的抱怨，能疏解心理压力，而一旦成为一种生活常态，最后会变成对自己的诅咒。

那些青春期没有叛逆过的孩子，
后来怎么样了？

我有一个女性朋友，在一家事业单位上班，人长得十分甜美，性格也温顺乖巧。孩子今年都上中学了，她身上还少女感十足。她老公非常帅，像对待小公主一样宠爱着她。他们是圈里有名的模范夫妻、人见人羡的郎才女貌。

可就是这么一个在外人看来生活几乎完美的姑娘，有一天竟然出轨了，她的出轨对象是一个样样都不如她老公、人品也很差的混子。而且这位一向温柔胆小、年近四十的朋友，为了这个出轨对象竟然宁愿抛家弃子，净身出户，向她老公提出离婚。

朋友们都大呼不解。开始时我也对她的这种恋爱脑上头十分不解。不过后来想想，也觉得可以理解她。我认识她很久了，对她比较了解，可能就是因为她小时候太乖，太顺利了，早早地结婚生子，安定下来；从小父母对她管教得特别严格，照顾得特别好，所以她连叛逆期都没有。和现在的老公结婚，也都是父母帮她做出的选择。

按照发展心理学的说法，青春期的少年第一次有了自我意识，需要探索自我的边界，既要和父母划清界限，对全世界宣布自己独立人格的存在，又很脆弱，需要依赖父母和朋友。很多孩子在这个时期都和父母吵得很厉害。少年们为了寻求自我，确立自己独立的人格，有时候会说狠话，做傻事，拼尽全力想和父母划清界限。这势必对父母造成很大的伤害。

但这其实是有必要的，这是一个人成长必须经历的痛苦。孩子们在探索边界、确立自我后，才可以渐渐地学习为自己的行为负责。

许多国家的刑法对未成年人的处罚是从14岁开始的，这意味着社会开始承认他们的独立人格，但也要求他们从今以后，渐渐学习像成年人一样约束自己的行为。

也有朋友会跟我说，我的孩子就没有青春期，一点不叛逆，非常乖，特别让我们省心，不像别的孩子那样折腾。我反倒觉得这样未必是件好事。很多在青春期没有叛逆、对父母言听计从的小孩，成年以后一旦叛逆起来，更要命呢。

我前文提到的那个朋友正是这样，虽然已经结婚生子了，但在心理上是不能为自己的行为负责的青少年心态。所以，她"反抗"是迟早的事，只是到什么程度，会持续多久，每个人不一样。

她会喜欢上一个不被世俗待见、样样不如自己老公的混子，因为那个人就是她叛逆的自我在外部世界的投射啊。性欲的满足，其实只是一方面，这个男人其实就是一个从来没有做过自己、从来没有勇气和这个世界正面对抗的乖乖女，给自己找到的一个叛逆代理人。

我自己也是这样，在青春期的时候，父亲突然中风，我的叛逆期也戛然而止。家里的这种情况，让我觉得不应该再给大人们添一点麻烦，一夜之间成长为懂事的孩子。但实际上，那并不是真的长大和懂事，也不是真的探索了自我和得到了成长。即便我父母对我很好，对他们我没什么可叛逆的，到了 30 岁的时候，我仍然开始"造反"：和马上要结婚的男朋友分手；离开原来的城市，改行，换工作，整个人生轨迹都有了翻天覆地的改变。

我是谁？我要去哪里？我要成为什么样的人？这些在少年时被绕过去的问题，突然重新回到人生中来，我必须一一去解决它们，不能就这么过一辈子。

就这么狠狠地作了几年，有一天我突然作够了，碰到头破血流，就停了下来。那一刻，我可以确定，我算是一个真正的大人了。

许多青春期没有叛逆过的人，都会在长大成人后开始叛逆。有的人把青春期的这堂课补上了——叛逆过，折腾那么几年，终于把自己折腾明白了，生活可以继续往下进行了。有的人则反反复复地折腾不明白，卡在自己青春期某个未完成的时间点，就这么卡了一辈子。

你到底是能闯过来，还是卡在那儿，就看个人的悟性了。就我个人的经验来说，叛逆期来得越晚，年纪越大，付出的代价也越大。

我们在青春期时叛逆，虽然伤害的是自己的父母，但毕竟他们是大人，比我们更强大，我们年纪尚小，能量也有限。大家来日方长，总还有慢慢和解、修复的机会。而且青少年是一张白纸，没有社会位置，也没有太多可失去的东西，自我的修复能力、恢复功能都很强，不管怎么作，青春都是资本，前方总有光明的前途。

真到了一把年纪，有事业有家庭的时候才开始叛逆，那杀伤力可就大了，你不管不顾所伤害到的人，可能真的会让你愧疚一辈子。而被你搞砸了的人生，也不是说重建就能重建的，这和十三四岁时付出的代价是不一样的。

青春期太长，还会造成另一种后果，就是整个人生都会被延迟。

根据发展心理学，人在不同的年龄阶段，需要完成不同的心理成长任务。如果完成了，就可以继续进入下一个阶段。但如果没有顺利完成阶段性的心理成长任务，有些人会按照父母的意愿继续完成后面的人生目标，然后在未来的某一天突然像中邪了一般，把自己的生活都毁掉；而另一些人则永远没准备好进入下一个人生阶段，比如不想成家立业，结婚生子；甚至有的人因此一辈子都走不出来，反反复复兜圈子，最后不仅一事无成，活得也很痛苦。

所以，我经常劝那些"中二"少年的父母，要时刻告诉自己，在该叛逆的年纪叛逆，这是好事。现在和孩子的关系紧张，难受就难受点吧，能安全度过青春期就好了，不然等孩子们年龄大了再来折腾，或者一辈子反反复复地折腾，你会更受不了的。

从讨厌的人身上看到我们自己

不知道大家有没有遇到这样的情况，就是某个人从来没有招惹过自己，你们之间也没有什么利益冲突，可你就是非常厌恶这个人。在理性上，你当然知道，人家的生活与你无关，但不知道为什么，就是忍不住关注对方，并且讨厌对方，然后还总想暗戳戳地编排上人家几句。

我就曾经有这样的经历。当然，由于从小受到过的教育，以及这么多年读书所培养的理性，咱们不可能真的去伤害无辜的人，因此每次自己有这样莫名的情绪，都会自我反省，狠狠地自我批评一通。

前几年我学了一些心理学，又去实习了一阵子，学会了点招数，基本都用在自己身上了。当再产生这种对人莫名的厌恶情绪和敌意时，就觉得很有意思，开始学着面对和观察自己的内心世界。

因为如果你只是讨厌一个人，也就罢了；但如果每次讨厌的总是同一种人，而对方确实对你没有任何危害或妨害你，甚至对你释放善意，那么我们就需要好好地看看自己了。

看自己什么呢? 看自己的真实需要。

于是我发现，我会莫名讨厌的人，都是自己内心世界的外部投射。有些人的行为其实是我心里想实现的欲望，却被压抑，不允许我去实现它，于是我就会非常讨厌对方。这就是我现在经常用的方式，当我莫名地讨厌一个不相干的人，包括身边的人或者明星名人时，我的关注点不是放到他的身上，而是收回来，放在自己身上。

我会问问自己: 我讨厌他什么呢? 我在他身上投射了哪些不满呢? ⋯⋯然后想明白了，哦，也许是我压抑了自己的某些欲望，是不满、嫌弃，还是嫉妒呢?

举个例子来说吧，女生 A 很讨厌女生 B，因为女生 B 特别爱美，喜欢打扮自己。其实女生 A 不管是自身条件还是经济条件，都不比女生 B 差，她之所以从不打扮，只是因为从小受到母亲过分严格的教育，压抑了她爱美的天性。因此，她看到女生 B 那么坦然地打扮漂亮，做她被禁止做的事，就觉得深感厌恶。

知道了这些心理投射，会让你好受些吗?

我的亲身经历得到的答案是，会的!

当一个人明白自己在讨厌者的身上投射了什么，也就明白了自己真正想要的是什么。这样，你才有可能为自己解绑，不再压抑自己，允许自己的欲望释放。你想要某件东西，去努力争取就

2011.3. LVLVDOU

拼尽全力地过好每一个平常的日子，

除此之外，

我不知道还有什么更好的选择。

好了。如果你没有能力得到这样东西，至少你可以允许自己向往它——没关系嘛，当作一个努力的目标也不错。

你知道这样做的最大好处是什么吗？不是你争取到了什么，得到了什么，而是当你真正把自己当成最重要的人去认识时，你会获得前所未有的自由感。

这就是为什么我现在很少对他人有那么强烈的讨厌的情绪，因为他们不重要，我才是最重要的。

有时平凡也是一种祝福

网上流传着一个 19 岁男孩自杀的遗书，有朋友发给我看，问我，写得这么好，看上去不似一个 19 岁的少年会有的水平。会不会是假的？

我说，虽然我也不能完全确定这是真的，但仅从文字和见识水平来说，19 岁的年纪，是绝对会有如此天才的孩子，可以写出这种水平的文章的。

其实很多作家，尤其是诗人的黄金时代，是在 18 岁到 25 岁之间。

张爱玲开始发表小说就是在 19 岁，名扬上海滩时也不过二十出头。拜伦在 19 岁开始写《唐璜》，他创造的"拜伦式英雄"，高傲倔强，叛逆，反抗，同时又忧郁孤独，脱离群众，找不到出路。正是写遗书的这个 19 岁的年轻人的那种性格。

法国诗人兰波的所有作品都是在 14 岁—19 岁之间写完的，

在此之后他就停笔不写了。如果你了解世界文学史，就会知道，很多天才都是年少成名。当然了，能不能写一辈子，是另一回事。

从发展心理学的角度来讲，14 岁—35 岁是智力和思维飞速发展的时期。特别是 19 岁—25 岁，更是各种辩证思维、复杂思维爆炸般发展的阶段。

我在外地做活动，总会碰到这个年龄段的年轻人，他们喜欢问一些特别宏大而深刻的问题，需要写好几本书来回答。我知道，他们是认真在思考这些问题，就和我当年一样。

不过同龄人里，少年们的认知水平也有差别，注定有那么几个孩子，天赋异禀，比别的孩子更聪慧，更敏锐，想问题更深刻，更透彻。中国有句老话，"情深不寿，慧极必伤"，就是对这类孩子的一种写照。

当人们看那到封遗书时，难免会叹息，这么好的孩子，这么聪慧，怎么就选择了这条路。其实这个因果关系可以反过来说，恰恰是这样聪慧的孩子，才特别容易走上这条路。

在我短暂的教书生涯中，我见过很多少年，我必须坦诚地说，孩子们的天资差异是很大的。大多数的父母都会觉得，我的孩子越聪慧越好。但其实，有些聪慧而内心脆弱的孩子，是需要极好的运气才能活下去的，比如好的原生家庭，心理健康乐观的父母，人品好、有水平的师长；否则，就会像写遗书的这个 19 岁少年，只会经历更多的痛苦。

其实，很多孩子虽然很平凡，成绩一般般，家境也很普通，但是胜在家庭和谐稳定，父母的身心健康正常，孩子在老师、同学中的人缘很好，能很正常地与人交往，融入社会，每天都乐呵呵地生活。

我反倒是常常能在这样的孩子身上，看到一个幸福的成年人的影子。这样的孩子，他们自身的条件和这个社会是匹配的，他们在这个世界上的生存也是舒适的，虽然他们也会有青春期的一些烦恼，但都在正常范围内，不至于出什么大的状况。

根据多年的观察，我一直有一个心得：这个世界上运气最好的人，常常是比平凡人稍微优秀出那么一两个段位的人，而不是那些极度优秀的人。就像在好看的姑娘中，绝色美女未必运气特别好，反倒是比普通人漂亮几分的女孩，运气最好，享受到的美貌红利最多。

有些太早慧的孩子，就像跌落到凡间的精灵，他们过早了解了人世间的真相。和普通孩子相比，他们需要更好的运气，才能够被保护得很好，健康成长。他们的聪慧又太稚嫩，没有强大的心理力量去支撑，无法超越社会的铜墙铁壁，直达道法自然的层面。

在那个少年的遗书里，让我十分感慨的一点是，他一再说自己的妈妈是普通的妈妈，爸爸是普通的爸爸。他看得很清楚，所以并不责怪他们。

我看到过一些普通父母，当孩子极度聪慧时，常常不知道该拿这样的孩子怎么办才好。这个孩子好像不属于他们，超出了他们的认知水平和做父母的能力范围，但如果真的割断这份羁绊，又会极度地伤害他们。

在古代，对于这样的孩子，可以把他交给某个与之匹配的老师，带去云游，长见识也好，散心也罢。如果实在是无法社会化，那就不社会化了，孩子好歹能活下来。可是在现代社会，大多数的普通父母不能接受自己生下的孩子不属于自己，于是他们只能寄希望于向学校寻求帮助，教育专家会告诉他们，孩子熬过这个年龄段就好了，最后两方压力成为对孩子的双面夹击。

反过来想，许多资质平平的父母，不要总嫌弃自己的孩子太过平凡。你要是真有不平凡的孩子，可能是接不住的。从父母的角度来讲，如果你对人生的美好愿景，不过是等你老的时候，能过上一家人整整齐齐、子孙承欢膝下的小日子的话，那么，孩子恰到好处的平凡，也未尝不是一种祝福。

年轻时我依赖理智，
而现在我更相信感情

歌德老年时，曾说过一句话："年轻时我依赖理智，而现在我更相信感情。"

当年我还很年轻，正处于热恋之中，看到这句话非常吃惊，但也觉得非常开心，因为我把他所说的"相信感情"，认定为是在说谈恋爱这码事。立刻觉得这简直是在为我的恋爱脑背书。直到后来渐渐长大，才明白大师说的"相信感情"，不是专指搞对象啊。

前两天看到有人问："一个人不结婚养娃，你老了只能一个人孤独地死去。"遂回答对方说："谁不是自己一个人孤独地死去？"有不少人回复我："死倒不怕，但是你老了病了，谁来照顾你？"

这可巧了，说到照顾病人，我可比好多说这种话的人有经验得多。毕竟我是一个脑出血半身不遂十七年的患者家属。当年我爸刚生病时，医生曾说，这个病啊，最多就活十年。结果我爸爸活了十七年。

在这十七年里，主要都是我妈在照顾我爸。我妈总是把我爸的头发打理得利利索索，给他把衣服穿得整整齐齐，我爸喜欢把白衬衫的领子翻到毛衣外面那种老派穿法，我妈就把他的白衬衫洗得干干净净，然后每天推着轮椅，带我爸出去晒太阳，散步。

我曾经问过我妈，你为啥对我爸这么好？她不假思索地回答，因为你爸真是个好人啊。我还问过她，如果病的是你，你觉得我爸会这么照顾你吗？我妈不假思索地回答：会。

我妈照顾我爸十七年，不是因为什么责任、道德，而是因为她真的对我爸有很深厚的感情，因为两个人曾经一起走过的日子、挨过的苦。因为我爸曾经对我妈好，反过来，才让我妈对我爸不离不弃。

我也是长大后才明白，歌德所相信的感情，到底是指什么。

记得有一次，我和我妈一起散步时，我们聊起我的婚姻问题，她说希望我能找个人，等我老了之后可以有人照顾。

我跟我妈说了自己的两个想法。一个想法是，为什么都想的是自己病了，别人会照顾自己呢？没准是对方病了，你得照顾他呢。是不是也该问问自己，如果对方瘫痪在床，你能做到对他不离不弃吗？另一个想法是，就算是我病了，由他来照顾我，但是一个对我没有感情的人，真的能对我不离不弃吗？

我妈立刻懂了我的意思，后来就再也没有跟我说过这种话。她照顾我爸十七年，在医院进进出出，什么样的病人和家属都见过，她知道我说的都是事实。

说白了，如果一个人觉得结个婚，老了就有人照顾自己了，那可能是他对人性太无知。真的会在你老的时候还会心甘情愿、无微不至照顾你的人，一定是和你感情深厚的人，而不是跟你有一纸婚约、对你有道德义务的人。

哪怕是结发夫妻，哪怕是自己的亲生子女，对待你的态度很大程度上都取决于你自己曾经怎么对待他们。就算有些人因为道德约束，不得不照顾一个病人，但在照顾病人的日常琐碎细节中，也可以有一千种有意无意伤害对方的方式。

我父母的老同事有很多得老年病的，有些叔叔阿姨最初的情况其实比我爸好得多，但因为家人没有好好照顾，在一两年内很快就过世了。

所以，回到文章开始的那句话，不要觉得那一纸婚约能保障什么。婚姻里都是一个个具体的人，要学会相信、珍惜人和人之间的感情。最后对你不舍、不忍、不嫌弃的人，不一定是你法律意义上的什么人，但一定是对你有感情的人。

我不能肯定什么，但我觉得但凡人生走到最后，你年轻时曾怎样对待这个世界，对待别人，都会在年老时返还给你。

我们彼此抱团取暖，好好对待身边的朋友、亲人、爱人、父母、子女，大家都温柔善待彼此，才是真正老有所依的保障。

感谢逼你的人

和一个许久不见的艺术家朋友相约一起吃饭，互相问起最近有什么新的作品。

我当时正在上班，工作繁忙，写作的时间很少。手头还欠着出版社编辑的稿子，内心多少是有些焦虑的。

但是我的朋友并不忙，她几个月下来也没搞出什么新作品。每天就是睁眼起床，闭眼睡觉，一天就这么过去了。每天她都觉得自己应该振作起来，应该开始干活，但每天都浑浑噩噩地过去，就这么一个月了，还是什么也没干。

其实这是我们这些做自由职业的人都会遇到的一个老生常谈的问题。不管是写作，还是搞艺术或者做设计，总有人干着干着，就慢慢地消沉下去了，再也拿不出新作品。生计也开始出问题，但还是提不起精神，就这样得过且过地活着。

如果说本人是真的彻底佛系了，内心真的就接受这样的生活了，倒也还好。糟糕的是，明明内心还是有很多想法的，问想不想出作品，想不想挣钱，当然也是想的，可就像被施了定身法咒一样，一动也动不得，拖拖拉拉，内心越来越焦虑。

后来我了解到，人的逻辑思维、情感和行为动力，是完全不同的三个领域。这三个方面是容易相互影响的。一个普通人，如果想过上普通的幸福日子，需要这三个方面都能够基本正常地运转。

就拿行动力来说吧，自从成为自由职业者之后，我越来越认识到它的重要。我们写东西的人，想得再清楚，共情能力再强，想象力再丰富，再有天分，也不可能靠空想完成作品。最后还是要一个字一个字地把它落在纸上，那才是你能够称为成绩的东西。否则，哪怕你在脑子里构思得再好，也只能是空想家。你的一切想法，都是空谈。别说写个长篇小说出来，就是坐下来写篇公号文，都会从今天拖明天，从明天再拖后天。

这几年，我会有意识地在提升自己的行动力方面下功夫。这也是为什么我总是三番四次地赞美"努力"，可能是自己不够努力吧。人总是缺什么，就赞美什么。

我从前一直缺少持之以恒的动力，所以我现在通过赞美"努力"，并且把这个赞美实实在在地写下来，反过来也是给自己一个心理暗示和鼓励。

除了持之以恒的行动力，那些真正能把事情做成的人，还需要一些能折腾的动力。这些年来，我发现好多成功的人，都具备这样的能力，不仅自己特别能折腾，还能锲而不舍地折腾别人。

这是另一种我非常缺乏的能力。所以在职场上，别人能当老板，而我只能是个打工的。

那天和朋友聊到最后，我说如果实在没动力，自己这台车总是打不着火，也别太跟自己较劲，可能得想个别的办法来解决。比如找个班上一上，找个能逼自己的人，他们或许是伴侣、家人、合作伙伴、经纪人、老板。

这些年来，我和这样的人接触，发现虽然被逼迫时心不甘情不愿，但逼着逼着，回头看，竟然也不断做出了一些成绩。要么是学到了新东西，要么是挣到钱了，要么是写出了作品。

老天爷逼着你进步时，常常用的是让你不那么舒服的方式，或者派来一个让你不那么舒服的人。但最后的结果，未必都是糟糕的，有的甚至让你产生飞跃性的质变。如果从这个角度来看待那些逼你的人的话，他们其实可能是老天爷派来帮你的。

这些年做自由职业，我也算是想尽一切办法来逼自己做点事。其实，就逼自己做事这件事本身来说，是非常累的。换个角度想想，那些能逼着所有人做事，并让世界运转起来的人，他们是真的能量强大。

当然了，我所说的这一切，都是在你的本心还很想做点什么事，但启动很艰难，自己内心也很焦虑的前提下。如果你彻彻底底想放弃了，那也就不在这篇文章的讨论范围内了。

就算是 80 岁，也要有少女感啊

　　作为一个女人，当然认为女性意识的觉醒是一件大好事。不过近年来的很多讨论，都让人颇有些招架不住。比如早些年如果说某个女明星有少女感，这是大家公认的夸奖之词，但现在很多姑娘讨厌少女感，认为是弱者的表现，女人到了 40 岁还有少女感，这会让人感到尴尬。

　　我对这样的批评有些吃惊。在女性寻求自由和解放的这条路上，少女感什么时候成为一个贬义词了？这不又绕回到"什么年龄就必须像什么样，穿什么衣服，干什么事儿"的老笼子里去了吗？或者说，如果你是一个中年女性，想展现少女感也可以，但你必须要按照标准，不能太过分，不能太随心所欲？

　　可是这些标准到底由谁来定呢？过分不过分，到底谁说了算呢？我想起很多年前看的《北京人在纽约》。在这部戏里，姜文扮演的男主角一生中有三个女人：一个是妻子，后来抛弃男主角，跟别人跑了；一个是女儿，后来从中国去了美国，天天跟男主角不对付；还有一个是风情万种的情人。

姜文在接受采访时，说他是利用了一种错位感，来让这几对关系在表演上有新意。比如用对待女儿的感觉来演和妻子的对手戏，用对待情人的感觉来演和女儿的对手戏，用对待母亲的感觉来演和情人的对手戏。这种错位会让观众觉得特别新鲜，印象深刻。

那也是我第一次明白，女性身上可以有这么多不同的特质、不同的身份，混搭起来会更丰富，更迷人。后来我因为特别喜欢法国女演员，所以看了很多法国电影。法国影坛是女神辈出的地方，看多了，渐渐就明白为什么法国女人被誉为世界上最迷人的女人了。她们身上的个性层次真的非常丰富，她们每个人，首先是她们自己，但是在两性关系中，她们又同时是情人、女儿、母亲、妻子……你能从一个女人身上看到所有上述女性的特质，而且这些特质在她们身上可以很复杂地糅合在一起，呈现出来的却是非常纯真的女人形象。

我这么描述，难免有些苍白。大家可以去看一看弗朗索瓦·欧容导演的《花瓶》，凯瑟琳·德纳芙出演这部电影时已经67岁了。有一个桥段，是她勾引一个卡车司机，67岁的奶奶，眉宇间的那种少女感，是那么自然有趣，让人直呼太可爱了。可是在下一秒，她又是妻子、母亲，甚至是祖母，每一个角色都是她的一部分，所有的身份放在她一个人身上，毫无违和感。这才是女人的迷人之处。

　　人们总说，女人无论在什么年纪都有属于那个年纪的美。在我看来，这话真的很无聊。我觉得成熟女性的美绝不是成熟，而是丰富、多样、难以捉摸的迷人性。

　　真正迷人的女性，一定是会保留少女感，但同时又绝不会只有少女感的，她身上应该具有那种复杂又单纯的极致。或者也可以说，世界上那些有魅力的人，都是如此色彩斑斓的。如果一个人身上的少年气，被时间、阅历、经验和所谓的成熟都刮干净了，那么他其实离我们通常所说的"油腻"也就不远了。

　　什么是女人的魅力？不在于她多么成熟，也不是40岁了还像个少女，而是少女感和成熟，她都有。她是最复杂的，也是最单纯的。我不知道别人怎么想，反正我真希望自己就算到了80岁，身上还能保留一些少女感。

　　虽然不强求，但如果能有，那真是太好了。

有一种人生巅峰，
叫更年期后的女人

杨紫琼获得"奥斯卡最佳女主角"时发表获奖感言，给我留下印象深刻的一句话是，"不要让任何人告诉你，你已经过了巅峰期"。

这让我想起一个占星师朋友曾跟我说，她遇到好几个事业特别成功的女客户，都是50多岁后才开始认真搞事业的。当时我觉得这话特别有意思，认真琢磨了一下，感觉还真挺有道理的。

叔本华曾说过，所有的儿童都是聪明的，人类的童年时代是充满了天真和幸福的，那是人生的天堂、失去的伊甸园。

为什么呢？因为在儿童时期，人类的头脑运行极为活跃，但生殖系统的活力仍然处于沉睡状态。通俗一些的解释，就是人类在儿童时期还没有受荷尔蒙的影响，智力和身体在不断成长，没有下半身的冲动来左右情绪。那种心智上的成长是很简单的，也是非常幸福的。

青春期的少年开始性成熟，慢慢有了性欲，也就有了欲求不满。荷尔蒙常常会导致情绪和心理问题，人生开始真正感受到欲求不满，感受到迷茫和痛苦。从这时开始，理性和情欲的问题会困扰男孩很久，而女孩也同样开始被身体发育带来的各种状态所困扰。且不说女人在结婚生子之后需要适应自己的身体变化，照顾家庭和孩子所占用的时间和精力很多，就算是没有家庭的女性，用在花心思找对象和谈恋爱上的精力也不少。很多年轻的女孩，在大姨妈头一两天，什么也不想做，那些只想躺平休息的日子加起来粗粗一算，一年也会报废掉小一个月。

当我还是个小女孩时，我曾经觉得更年期是一件特别可怕的事，觉得女人过了更年期，那生活也就到头了，活着也没什么价值了。现在想来，那其实是年轻人对生命很浅薄的认知。另外，也必须得承认，其中还有个根本原因，就是小时候被传统观念洗脑了，以为生育价值就是女人的全部价值，觉得女人一旦过了更年期，不能再生育了，也就再没有任何价值了。所以，觉得更年期简直是女人的死期。

过了这么多年，我现在已经完全不这么看待女性的更年期了。没错，女性在更年期那几年，肯定要经历一些身心变化的困难时期，但在那之后，女人的价值可以彻底回归到一个人本身的价值，回归到叔本华所描述的伊甸园。

如果一个女人这个时候身体还不错，经济状况也很好，她就会重新找到那种天真和幸福。这也是很多女性在更年期后追求事业会很成功的原因吧。虽然没有刻意争取，但从某种客观角度来讲，得到了一种真正意义上的自由和解放。

这个时候的你，没有很多烦恼，却有着足够的智慧，可能还有钱。人生还有很多没有玩过的游戏，那还有啥不敢尝试的呢？

而且女性真的都太有韧性了，寿命也普遍较长。在第 95 届奥斯卡颁奖礼上，"最佳男配角"获得者关继威上台时说，我妈 84 岁了，她现在在家看电视呢。过一会儿，杨紫琼上台领奖也说，我妈 85 岁了，她在家看电视呢。

再细品 60 多岁的杨紫琼说的那句话，并不是口号式的"鸡汤"，而是前辈走到人生这个阶段时的真实感受。对于女人来讲，50 岁后再来个人生巅峰，是完全有可能的。当然了，这取决于你是否对自己还有期待。

说这些，并不是为了比较哪个年龄好，哪个年龄不好，都是自己的人生，哪有什么可比的。当然是 20 岁有 20 岁的好，30 岁有 30 岁的好，到了 60 岁，也有 60 岁的好。

生命有意思，生命也很奇妙，完完整整地走一遍，每一段生命的历程都认真去体会，都不辜负，就不枉来过这世界一遭了。

突然就理解了张爱玲

这两天看到两件事情，让我挺唏嘘。一件事是上海的一位退休老教授去世了，老先生在世时是爱书之人，买了不少书。他去世后，子女收拾他的房子，把他的书都搬了出来堆在路边，等着收废品的人来收走。网友路过也可以挑几本，很便宜就卖掉了。从照片上目测，起码有几千本书，可以想象老人生前一本本地挑选出来，用了很大的心力。但是人走了，书就这样被处理掉了。收废品的也不可能在乎书是不是好书，只有纸张还可以循环再利用一番。

另一件事是韩松落老师的经历，他的一个朋友去废品收购站，看到角落里摆着一大包整整齐齐的相册和纪念册，就花30块钱买了回来看。那是一个男人的一生，相册里有他的父母、他的童年、他学生时代的同学、工作照，然后是结婚照、妻子和孩子，简报里有一些老年病的报道……这个男人死了，他的一生就这样被当作废品卖给收购站了。

我读着这个故事，突然想起了张爱玲。

张爱玲去世时，她房间里的家具只有一张折叠床、一个小衣柜、一张折叠桌。房间墙上没有任何装饰，地面上只铺了一张地毯。因为不做饭，厨房里没有厨具，一般她用电话订餐。后来很多人根据这样的描述来猜测，张爱玲是因为晚年穷困潦倒才会这样"凄惨"的。其实不然，当时她的小说的港台版权签给了琼瑶和平鑫涛夫妇的皇冠出版社，这对夫妻把她的作品卖得非常好。

张爱玲去世后，她的遗嘱执行人林式同去银行把张爱玲的存款取出，找到了六个账户，共28107.71美元，按当时汇率折算是20多万港币，这在1995年不算大富大贵，但肯定不是穷人。她朋友宋淇的儿子宋以朗回忆，他父母一直在帮助张爱玲理财，主要是帮她买外币或定期存款，宋以朗曾翻到母亲1996年的纸条，上面计算着张爱玲的外币存款剩余32万美元，大概是240万港币。

我在美国的朋友说过，张爱玲生前最后住的那套公寓，在现在也是当地租金比较贵的房子。所以张爱玲晚年根本不穷困潦倒，可是她为啥要过那样的生活呢？当然是因为想明白了。人死如灯灭，我们在这世界上拥有的大多数东西，都是生不带来死不带去的。

不过，我虽然一直知道她是想明白了，但直到看到文章开头提到的两则故事，才明白她比我们大多数人想象的还要洒脱。

人类对子孙总有痴念，将自己生命的延续寄托在子孙后代身上。现代社会最大的一个特点，就是改变了人类的记忆，让人更容易忘记，使一切虚妄变得更加虚妄。

你的书、你生前的这一切吃穿用度，除非本身还值几个钱，是个好东西，可能还会被子孙保留着。否则，你想给孩子们留下的念想，对于他们来说，可能只是需要费力去处理的麻烦物品。

与其死后让人翻翻捡捡，拿着自己用过的物品对自己品头论足，不如自己先舍了这些身外之物。人生天地间，忽如远行客。有些东西不用留，留着也没什么用。

其实，我觉得自己算是能想明白的人，但现在还做不到真的那么舍得，我还有一屋子的东西。也许再过些年，我也应该把该处理的东西都处理一下了吧。自己来处理，总比别人像扔垃圾一样扔掉要好。

聊聊女性贫困

　　杜拉斯曾说过："女人最需要的，是被人爱。"事实也确实如此。哪个女人不渴望爱？哪怕到了 80 岁，谈恋爱依然是最美好的事情。然而身处现代社会，不得不承认，很多女性过了中年以后，首要的问题已经不是有没有人爱自己，而是避免陷入女性贫困。

　　很多女性还停留在传统的男女关系的观念中，觉得找到一个爱我的男人，我就不会有贫困问题了。但在当今这个男人也很精明与现实的时代，一个残酷的现实往往是，贫困的女人得不到男人的爱。

　　"贫困女性化"这个概念最初是由黛安娜·皮尔斯于 1978 年在研究 1950—1970 年美国社会再就业和收入方面的性别不平等问题中发现的。近几年来，自己开始关注女性贫困的话题，比较有名的是日本 NHK 的一个节目。该节目调查和走访了日本一些挣扎在贫困线的女性，用一个个具体个案，揭示了这些女性陷入贫困的原因和性别有直接关系。

无独有偶，前段时间我刚刚看完一本日本社会学方面的书《格差社会》，其中讲到日本的贫困人口排名，排第一的是独居老人（并非都是未婚未育），排第二的是单亲妈妈，然后是刚进入社会的年轻人……而在排第一的独居老人中，老年女性是男性的好几倍，因为日本的妻子一般都没有工作，很多妻子比丈夫活得久，丈夫去世后，按照日本的政策，丈夫的养老金会继续发给妻子，但也只是按一定比例发放。很多六七十岁的老太太，如果本人没有收入，丈夫留下的养老金又十分微薄，那么在丈夫去世后，就会立刻陷入贫困。

书中还特地提到了排名靠前的兼职工作者，因为工作不稳定，没有社保等福利待遇，整体来说也是贫困户居多。而许多家庭主妇，因为结婚生子中断了职场的工作经验，当想回归职场时，很难再找到一份好工作，只能从事兼职的工作。所以这一部分的贫困人口，也是以女性居多。这时如果婚姻稳定，丈夫收入稳定且人品比较好的话，还好一些；如果婚姻出现问题，老公离婚时偷偷转移财产……哪怕没有这些突然的变故，女性在职场上的种种待遇，也使升职空间小得多。

许多女性觉得有婚姻和家庭就足够了，所以在事业上不思进取，满足于只做一些简单、轻松的工作。但这样很快会被淘汰，被年轻人代替。由于年龄大，再找工作越来越难，就算降低待遇要求，用人单位都未必想要你。别说阶层跃升，不下滑就不错了。

在中国，女性受教育程度整体来说比男性差一大截。这里说的不是学霸、科学家这些人尖，而是整个基础教育的基本盘。大家可能不知道，在抖音有一种教人识字的账号，主播每天开直播教成年人识字。这些主播的学生大多数是一些大姐、阿姨，她们白天垒几百块砖，砌 11 个小时的墙，供儿子上大学，给女儿攒嫁妆；到了晚上，对着小小的电脑屏幕学认字。

根据 2019 年的统计，国内女性文盲人数是男性文盲的三倍。虽然国家文盲数量已经不多了，但以此类推，可以想象得出女性受基础教育的程度。

这些客观条件之外，再加上很多女孩从小到大所接受的思想灌输，认为自己的事业不重要，学习不重要，成天只想着谈恋爱，也没有什么事业心。到最后年纪大了，她们要么找不到工作，要么成为职场上随时可以被替代的人。如果这时个人生活再突发变故，就很容易陷入贫困。

虽然贫困不分男女，但出于种种原因，女性更容易陷入贫困，尤其是老年女性。这是一个残酷的事实。关于这一点，如果大家感兴趣，可以查阅许多的书和社会学相关的研究资料。

可能很多年轻姑娘会觉得，这都是别人的遭遇，我是不会沦落到那个地步的。咋说呢？如果去问问那些挣扎在贫困中的人，谁没有年轻过甚至是美貌过呢？谁不曾被人爱过呢？谁当年不是这么想的呢？

你帮助过的人，为什么会恨你？

听过一句让我印象很深刻的话："你帮助过的人，不一定会反过来帮助你，但帮助过你的人，通常还会再帮你。"这句话很有趣，也很有道理，但后来我换了个角度，往深处去想了想，就觉得更有意思了。

通常人们听到这句话时，都会按照字面上的引导，将自己代入那个"你"，"你"是被忘恩负义者辜负的人，也是被陌生人帮助的人。但如果跳脱出"你"的角色定位来想，这句话是不是也说明，如果我们帮助过某个人，下次他再需要我们帮助的时候，我们大概率还是会再帮他？仔细想想，还真是这么回事儿。

所以，有没有一种可能，就是很多我们帮助过的人，其实根本没有能力反过来帮我们。而那些帮助我们的人会再帮我们，也因为他们的能力比我们强大许多，我们是没有能力反过来再帮他们的。还有一点，其实生活中最美好也最被念好的、让双方都舒适的帮助关系，常常发生在陌生人之间或者不太亲密的人之间。

在《红楼梦》里，刘姥姥向贾府求助，虽然也算是沾亲带故，但并非近亲，贾府帮也可以，不帮也可以。刘姥姥并不敢多说什么，但贾府帮了，刘姥姥就念了一辈子。因为关系本来就不那么亲密，不至于帮了一次会变更亲，但正因为关系并不那么亲密，不帮也没关系，所以才更让人感恩。

刘姥姥第一次上门，王熙凤也是厉害的，帮归帮，物品银两，哪些是贾府的，哪些是个人挪出来的，不多不少，清楚交代，恰到好处。话里话外也点拨了刘姥姥，大户人家也有大户人家的难处。这是在给刘姥姥划界线，暗示她不要得寸进尺，

而刘姥姥并没有什么心理压力，因为她不是忘恩负义的人，她只是没有能力回报。刘姥姥是个懂事儿的老太太，解了燃眉之急，并不会就此黏上来，三番两次地上门。第二次再登门，只是道谢探望，并非寻求帮助，只带了些不值什么钱的土特产，表达心意就可以了，贾府的人也绝不会挑她什么理。所以，贾府的人并不讨厌她，临走时依然给她拿了很多东西。

王熙凤可能会想到有朝一日，自己的孩子竟然需要刘姥姥帮助吗？那是绝不可能的。所以贾府的帮助，是并不计较回报的。正因为这一切都恰到好处，双方的回忆都是美好的，后来刘姥姥知道贾府蒙难，一心想要报答，找到巧儿并救下来。

帮助人是一种能力和实力的展示，所以在长期的帮助关系里，容易造成不平等的高下之分。受助者如果骨子里并不服气帮助自

己的人，就得向自己的内心解释，自己为什么需要长久接受对方帮助。久而久之，会故意去丑化对方，合理化自己所产生的怨恨，比如觉得对方也不过如此，无非是运气比自己好，无非是投胎生得比自己好。

另外一种合理化的方法，就是你既然对我这么好，肯这么帮我，那么一定是因为我足够优秀，是因为你太平庸，需要巴结我，所以其实你从我身上得到的更多。比如说你帮我只是为了炫耀，只是为了满足你自己的圣母心、优越感等。

久而久之，这样的受助者会把受到的帮助视为理所当然，认为对方帮助自己的行为在心理上占了很多便宜，甚至心生怨怼，有朝一日，难免肆无忌惮地伤害对方。这样的关系在爱人、亲人、朋友之间都有，一方对另一方特别好，帮助很多，付出很多。但长期下来，另一方几乎不领情，一般人会认为这个受助者没良心。

但其实也有一种可能，就是相对弱势的一方无法接受自己是无能的，因为内心无法自洽，甚至反倒会攻击对方，贬低对方，他心里才舒服。开始时，受助者甚至自己都没有意识到，但这种心态慢慢会被放大、固化，也越来越合理化。对没帮过自己的陌生人，他是不恨的，因为觉得那人跟自己没关系；对帮过自己的亲近的人，反倒特别恨，因为已经在内心把对方剐过百遍千遍了。

所以"升米养恩，斗米养仇"，大概就是这么来的。

为什么有人相貌平平，
但觉得自己是大美人？

读佐野洋子的书，她写到自己经常和妹妹一起吐槽妈妈和小姨："她们俩，长得那么难看还一点不觉得自卑，这是为什么呢？"

后来妹妹就猜测，因为妈妈的长相在昭和初期很流行。那时候的海报上都是妈妈这一款圆脸、身材性感、穿着暴露、涂着大红唇的封面女郎。她们的外公是农村人，审美也不行，以为只要长得丰满点就是个美人了，所以估计从小使劲地夸妈妈。

姐妹俩又讨论，那小姨呢？脸长得"像收起来的伞一样"，为啥也这么自信？

两人遂又总结道，也许是因为从小生活在农村，遇到的男人都没什么见识，但比较善良，明明没什么颜值，捡局部一点优点使劲地夸，后来小姨就觉得自己的白眼仁也放着光了。

这些对话让我想起当年曾经和同学讨论，哪个系的女生对自己的颜值是最自信的。不是中文系的，不是我们外语系的，也不是舞蹈学院学舞蹈和电影学院学表演的，而是理工大学的。

对自己的颜值有没有自信这件事，有时真的很主观。我上高中时，我们班的班长是公认的帅哥，班上好几个女生被他迷得死去活来。但我妈看到他的照片，只淡淡地评价了一句，还行吧。因为她在艺术学院工作了几十年，在她眼中，我们班长只能算是在普通男孩里长得还可以的。

当年我上大学时，我们师范大学旁边就是工大。有一次，我一个同学从工大回宿舍，很郁闷地跟我们吐槽说，她初中同学的颜值真的是中等偏下，但在工大居然有四个男生在追她。班上二十多个小伙子，就两个女生，不像我们师范大学的外语系，男生就跟大熊猫一样稀少。后来我工作了，总是一眼能认出学理科的女孩，她们身上有一种从骨子里散发出来的对自己外表的自信。那真的是青春时，被男生众星捧月般宠爱出来的自信。

相反，我认识好多长得非常好看的女生，反倒很低调，经常觉得自己相貌平平。我也很理解为啥有的女孩明明是大美女，却那么容易产生容貌焦虑，还要去整容。因为她们从小在美女堆儿里长大，她们不是在和普通颜值的女孩比，所以从那个环境里出来，反倒很容易对容貌焦虑。

可见，女生对自己的颜值有没有自信，会不会有容貌焦虑，这件事还真挺唯心的。有时那些本来相貌平平，但坚信自己是大美女的女孩，她的自信所带来的魅力，会变成一种魔法，给周围人催眠，时间久了，真的觉得她就是个大美女。

所以说，你觉得自己漂亮，有时比别人觉得你漂亮还要重要。觉得自己漂亮的女生更自信，而自信的女生反过来更容易让人觉得她漂亮。这就形成了因果循环。

另外，女孩还是要多跟夸自己长得好看的人在一起，不要怕虚荣肤浅，也不必觉得与事实不符而羞于接受，被夸多了，自然会越变越自信，越变越好看。

就像佐野洋子说的："虽然明明是丑八怪，却认为自己很受欢迎，一辈子就这么过就幸福了。"这不也挺好的嘛。

索求来的爱，填不满匮乏的心

LVLV 2007.

当你真正把你自己当成最重要的人去
认识时，
你会获得前所未有的自由感。

不逼婚，也是因为爱

自从我的父亲去世，我母亲几年前去了美国，我们已经连续好多年没能一起过春节了。这几年每逢这种时候，总是看到回家过年的小朋友们因为被逼婚而怨声载道，这更让我想念在大洋彼岸的老妈。曾经不止一个朋友对我的感情状况感到好奇，会顺便问上一句，你妈不催你呀？我说，也会问，但从不逼。看着朋友脸上难以置信的表情，可能很多人会觉得在中国，逼婚是父母对单身儿女关怀和操心的表现，却不知道，很多从不逼婚的父母也是出于对自己孩子的爱。

撇开那些和子女关系十分冷淡疏离的父母不谈，那些和子女保持着十分亲密的关系，却没有对子女逼婚的父母，他们是怎样的一群父母呢？我从我父母和身边朋友不逼婚的父母身上，发现了一些共同特点，大致总结一下：

他们是一群有想法，有见解，有独立思考能力，形成了自己完整的人生观，不会人云亦云的父母。很多父母之所以会逼婚，很大一个原因是觉得自己在亲戚朋友面前抬不起头来，被亲戚朋友问几句就开始焦虑。不逼婚的父母，一般都很有主见，自己内心也比较强大。

他们是一群相信爱情的父母，他们认为婚姻的基础是爱情。这样的父母，往往夫妻感情非常好，所以也希望孩子能找到真正相爱的人。我的父母很相爱，我父亲病了之后，我母亲照顾了他十七年。我母亲也曾表示希望有个人能照顾我，我说，如果没有感情，真的生病了，恐怕只会被对方嫌弃，连倒杯水都会觉得烦吧。母亲秒懂，她对人性保持着理性的乐观。她相信感情，相信婚姻，却不迷信婚姻。

他们是见多识广、懂得命运无常、活出自己人生的父母。他们经历过生活的起伏跌宕，经历过个人生活的高峰和低谷，也看过历史潮流的起落，因此对于生活中常常事与愿违的那些事，他们有自己的认识，也有自己淡定豁达的应对方式。他们有自己的生活，有丰富的兴趣爱好和老年生活，因此并不在子女结婚生子这件事上寻找自己存在的意义。

他们是一群把孩子的快乐看得更重要的父母。他们不是为了面子活着，也不需要子女为了自己的面子活着。没有父母不希望自己的孩子能够拥有幸福的家庭归宿，但他们懂得孩子幸福与否，最重要的是孩子自己的感受。幸福不是人前做戏，自己的孩子幸福不幸福，快乐不快乐，要孩子说了算。因为他们爱孩子，所以孩子觉得快乐比什么都重要。

他们是一群懂得欣赏孩子的父母。可能自己的孩子至今单身，但他们并不会因此否定孩子的优秀，也看得到孩子的努力。他们不会因为孩子单身，就把孩子贬低得一无是处，他们懂得欣赏自己孩子身上的才能、善良和美好，也深知这些优秀的品质是为人最优秀的品质。他们不会因为孩子没结婚就认为他们贬值了，需要降价处理了，不会说这些伤害孩子的话。

他们是发自内心地疼爱孩子、对孩子有慈悲心的父母。他们懂得世事艰辛，自己的孩子在外面谋生亦谋爱，吃了很多苦，遭过很多罪，挨过欺负，上过当，一次次被打倒在泥沼里，一次次重新爬起来，回到家报喜不报忧，他们心疼孩子的不容易，不忍心再去给孩子增添压力。但当孩子遇到难处时，他们一定会无条件地站在孩子身后，给予支持。

台湾女诗人詹虹写过一首《记得》，在诗中，她写道："关切是问，而有时，关切是不问。"我想爱这件事，也是情同此理。那些不逼婚的父母，因为爱自己的子女，选择了不逼婚。

我能遇到这样开明的父母，真是很幸福的一件事。这么多年来，能够做他们的女儿，让我觉得很幸运。谢谢爸爸、妈妈给予的宽容、理解和支持，让我能拥有这么好的爱！

如何教男孩子尊重女性

一个 2 岁男孩的妈妈写信给我，问我如何教育自己的儿子尊重女性。这个问题问得特别好，我正好非常认真地思考过。

很多年前，我还在某个论坛玩，有一次和论坛的一个网友聊天，他对我说，我觉得你是一个懂得怎么尊重别人的人。当时我还不太能理解他这话是什么意思。他还说，尊重人是一种能力，其实是需要学习的，许多人并不懂得怎么尊重人。

这是我第一次知道尊重他人是一种需要学习的能力，让我印象非常深刻。现在想想，其实这就是我们常说的教养。后来在生活、工作中，我越来越认同这种说法。

我刚转行去当英语老师时，曾在一所小学教一二年级的英语课。有一天，我正领着孩子们读英语，一个小男孩的橡皮掉在了走道，他离开座位蹲在过道中间捡，正好挡住了我的去路。我漫不经心地用脚轻轻踢了一下男孩的屁股，想提醒他加快动作，回到座位上去。

我没有生气发火，只是很随意地开个玩笑。男孩回头看了看我，眼睛里露出非常惊恐的表情，好像生怕自己被责罚。

我这才意识到自己的行为太草率了，他一定是被我吓到了。我有些感到有些过意不去，下课时送了男孩一个小礼物。这个孩子在班上经常被老师批评，很不受待见，所以他才会这样诚惶诚恐。虽然我本没有任何恶意，但孩子太小了，老师在他心中是有威权的，他分不清这之间的区别，所以被吓到。

想到这一点，在那之后，我对孩子的言行就比较注意了。因为我知道自己一个很随意的举动、一句话，对于孩子来说，可能会产生千斤重的压力。

当在一对一的关系中，我们是手握权力的一方时，比如我是老师，我其实是可以对比我弱小许多倍的孩子进行奖罚的。然而手握这样的权力，恰恰让我学会了如何尊重人，就是当你是强势一方时，你能尊重那些比你弱小的人。

很多人其实从小没受到过这样的教育。人们经常讨论如何尊重女性，最后总是越说越糊涂，因为许多人连怎么尊重他人都没学过，他们只知道尊重比自己位高权重的人，惧怕比自己孔武有力的人。但这并不是真正的尊重人。

有些男人，当他还是弱小男孩时，他接受的就是丛林法则，他们的父母、老师没有给予幼小孩子足够的尊重。有些男人从小被父母骂，被控制，被一边溺爱一边剥夺尊严，他成年后多半一样会恃强凌弱，欺负自己的孩子，欺负女人。

女人也一样，不要以为女人就一定会尊重女人。在曾经的父权社会里，父亲作为权力至高的强人，有权不尊重家庭里的任何人。这种文化使得有些人特别势利，崇尚强权，对弱者毫无同情心。一些女人在攀附上强权之后，一样会对比自己弱的人踩上一脚。

当一个人在一种关系中是弱势方时，在受尽屈辱，并且渐渐地被丛林法则同化后，一旦他在另一种人际关系中成为相对的强势方，就容易加倍欺侮比自己更不幸的弱者。

很多不懂得尊重女性的男人，其实并不只是不尊重女性，歧视女性，而是骨子里就崇尚强权，为人势利，欺软怕硬。他们是不尊重一切比自己弱势的人，当然这里面包括女性。如果一个女性资源没自己多，权力没自己大，是好欺负的、可以奴役的对象，那他就不会尊重她们。

所以，当一个人在关系中处于强势方时，是最能看出一个人品行的。此事与男女无关。这也是为什么我一直觉得许多关于如何尊重女性的讨论很没有意义，很空泛，因为许多人连怎么尊重人的意识都没有，你跟他讲尊重女性，都是白费力气。

所以，教男孩子尊重女性，说复杂很复杂，说简单，其实只要两句话也就够了：一是学会尊重人，二是把女性当成人。至于如何教育孩子尊重人，很多家长可能要从先学会怎么尊重人，怎么尊重自己的孩子开始。要不怎么说，孩子往往能让大人成为更好的人呢！

一夫一妻制当然也保护了男人

　　长久以来，人们总认为一夫一妻制只是保护女人的。这其实是对一夫一妻制的最大误解。如果有读者看过电影《投名状》，想必还记得一个细节，李连杰扮演的庞青云在率领士兵攻城之前，为了提振气势，向士兵们喊出了"抢钱！抢粮！抢女人！"的口号。

　　如果以现代文明的角度来看这句话，这当然是一句非常政治不正确的口号，但它确实解释了人类千百年的战争史中，生活在底层的男性青年愿意从军打仗的一个根本动力是什么——抢钱抢粮自然是为了要生存下去，抢女人是为了满足性冲动和生殖意愿，历来如此。

　　女人则不同。在女人完全无法独立谋生，大多数社会资源由男性控制，女性无法独立养活自己孩子的旧社会，婚姻是大多数女性生存的唯一来源。女人择偶的决定，通常是从保障自身和孩子的生存需求出发：首先，女人要有足够的生存资源所带来的安全感；其次，女人会选择能养育子女的男性来生儿育女。

在生存是首要问题的情况下，自己和对方是否相爱，是否能独占对方的爱，就是次要问题了。

相对于男人来讲，女人是没有亲子不确定性的，女人永远知道自己的孩子是自己的。大多数男人潜意识里都有被戴绿帽子的恐惧，而女人则永远没有这种恐惧和烦恼，因为女人无论跟哪个男人生孩子，都是自己的孩子。女人如果抱着这样的生存目的去择偶，首选就是和占据了大量生存资源的男人生孩子。

比如赌王何鸿燊有四位太太，十七个子女。据外界保守估计，他的资产有七八百亿，他去世后，就算是分遗产最少的孩子，也能衣食无忧。很多人从来都意识不到的一个残酷的事实就是，在越恶劣的生存环境里，生存资料少的男性就越无法满足传宗接代的需求。

现代社会的一夫一妻制，除了保护女性外，也让许多条件不好的男性都有机会娶到老婆。

从这个意义上讲，一夫一妻制不只是用来保护女人的，也是用来保护男人的。

话说回来，那些可以妻妾成群的男人，也一样有赖一夫一妻制的保护。因为自古以来，为了抢钱抢粮抢女人而冲进富人家里的从来不是女人。

不结婚生子，也是一种选择

现在人们劝年轻人结婚生子，除了谈及养儿防老，还会说生殖繁衍是人类物种延续的一种社会责任，是一种大自然的法则。恰巧这个问题我早先也曾想过，整理一下，这只是我个人的观点，大家权当是换个角度看问题吧。

先说一些我的个人体会。到目前为止，我离开东北老家已经十多年了，现在一直在北京生活。2006 年我刚到北京时，智能手机远没有现在这么普及，当时一个人生活有诸多困难之处，比如灯坏了谁来修，超市买完菜拎着上五楼好累……但随着智能手机普及，所有的这些已不再是问题。

2015 年夏天，我的腿受了伤，行动不便。我的家人虽然也在北京，但我们住的距离很远，我不可能让他们每日过来帮忙。在几乎没有办法自由活动的三个月里，所有的家事，比如买菜、送水、打扫卫生、出行叫车等，都仰仗于智能手机。这是现代化生活给我带来的好处。

人们的生活就是这样在不知不觉中改变的。本来我也把这一切看作是理所当然，直到有一年我回老家，想把家里的老房子收拾整理再出租。我像往常一样打开手机 APP，想找钟点工来干活，结果发现，东北服务业相对发展滞后，连叫了三个钟点工，每个态度都奇差，最后好不容易把活干完。我和钟点工沟通得精疲力尽，开始怀疑人生了，这才知道自己在北京的生活，太方便，太舒服了。

不过你肯定猜不到，在这时，我想到的是什么。我想到的是，如果我没离开家乡，我无论如何都要结婚生孩子，因为老家的生活让我觉得一个人过日子确实好难，如果不结婚生子，可能连买桶水拎上楼都觉得好累，老了去医院怎么办？打扫卫生、日常起居这些事，谁来照顾你？在东北，日常生活的大事小情几乎都要靠人际关系，结婚生子，养儿防老，确实所言不虚。孩子就是人老了以后在这个社会上最靠谱的依靠。这些年在北京单身生活的那种安全感，在短短几天内被击得粉碎。

我的老家是东北的一座省会城市，如果去农村生活，恐怕就更是如此。我的很多朋友都有某种田园梦，但我从来没有过，这不是因为我不喜欢祖国的山山水水，而是因为我对自己的农村生存能力有一个基本的判断。

我这样说，并不是想讨论政治、权力、两性平等这个层面的话题，而是想说，当今广袤的祖国大地，就像复杂的人类学范本的大杂烩，大家虽然同在一个国度，但你去不同的地方，会观察到人类学的不同发展阶段。人类的繁殖愿望之所以会被抑制，绝不仅仅是因为某种观念，它是在一定的客观条件下产生的。比如一个单身的人在"北上广"这些大城市，社会治安很好，生活也很方便，大多数自己力所不能及的事，都可以通过互联网解决。那么在这样的情况下，他想找个人搭伙过日子的愿望自然就没那么强烈。如果换一个地方，对单身人士来说，生活不那么方便，完全是 Hard 模式的挑战，他可能就会换个想法。

法国纪录片《脸庞，村庄》中的一段情节，让我印象非常深刻。导演阿涅斯·瓦尔达和让·热内去拜访一个农场主，打算在他的大谷仓搞艺术创作。农场主给他们展示了自己非常现代化的拖拉机，每一台都是全电脑控制，农场主每天坐在拖拉机上，只要像操作 iPad 那样来操作拖拉机就可以。

阿涅斯·瓦尔达问，这样现代化的耕种方式还会存在什么问题吗？农场主说，问题就是可能和社会有些脱节了。现在他每年要耕种自己的 600 公顷土地，再加上别人的 200 公顷土地，这些活儿在从前要雇四五个人来做，大家工作时还能有个说话的伴儿。而现在他只需要一个人做就可以了，他坐在拖拉机上，什么都不用做，好像拖拉机上的乘客，他担心自己的社交功能退化了。不过话说回来，虽然他常感到孤独，但还是喜欢这样的生活，每天回家看到家人都很开心。

回到人类的人口问题上来。如果人类的科学技术没有发展到今天这个程度，我们的生活没有被智能手机改变，没有通过手机就可以叫快递、外卖，没有买菜送到家，没有随叫随到的钟点工……生活没有这么方便，那么也就不会有这么多的年轻人产生不想结婚生子的想法。生活的压力只是一个方面，另一方面，也是因为没有这样的条件。所以我个人认为，人类社会发展到今天，这本身就是一种天道。

稍微有点动物学常识的人都知道，食物链底端的动物，繁殖能力都是超强的。兔子妊娠期是 30 天左右，一窝能生 5—8 只，一年能生 50 只，兔子的性成熟期是 3—5 个月，而狮子的性成熟期是 2—3 年左右，妊娠期是 5 个月，一窝能活下来三四只已经不错了。这就是大自然平衡物种的方式。

人类的生殖繁育质量和存活率非常高，是生存能力最强的物种，在地球上是没有天敌的，对地球上的资源任意夺取，也侵占了别的物种的生存空间。当地球上已经没有其他物种能对抗人类时，能够对抗人类的，大概只有人类自己了。所以在我看来，如果人类繁殖的欲望，因为高科技的发展而自我压抑，这也是一种道法自然。

狮子捕猎是团队作战，所以必须繁殖，保持物种延续。兔子作为食物链的底端猎物，死亡率更大，所以生殖能力超强，在数量上得以保持物种的延续。人类早期的农耕、战争、修建城市、打猎等活动，都需要大量人力，人口就是最重要的资源。而在科技高度发达的今天和未来，越来越多的迹象表明，如果一个农场主自己就能够通过现代化科技耕种 800 多公顷的土地，那么很可能未来社会不再需要这么多的人力。如果是这样，人类社会压抑生殖冲动，也许会变成一种必然的结果。

我写下这些，并不是反对人们生儿育女，也不是鼓励大家都不婚不育。我只是想说，生或不生，顺其自然。

好的爱情，不需要那么多考验

《老友记》里有一个名场面，当罗斯和瑞秋第一次走到一起时，苏菲高兴地说："See？ He is her lobster."意思是两个命中注定应该白头偕老的人，最终一定会走到一起的。

这句话非常动人，也像一个咒语，以至于《老友记》演了十年，两个人在剧中分分合合，但观众仍然希望罗斯和瑞秋能走到一起。而导演最后也从善如流，满足了观众的愿望。

在现实生活中，可就很少有这样烂漫的故事了。现实中更多发生的，可能是电影《秋日传奇》里的那种故事。

女主角苏珊娜随未婚夫回到他的家乡，却和未婚夫的二哥，布拉德·皮特扮演的男主角相爱了。随后，这一对苦命的鸳鸯，开始了漫长的折腾与痴缠的过程。

先是伦理道德的阻碍，然后是战争爆发，女主角的未婚夫和二哥，兄弟俩一起上了战场，弟弟在战场上死在了哥哥的怀里。

虽然男女主角之间再也没有了伦理上的障碍，但二哥因为战争创伤，有了心理障碍。最后选择远走他乡，四处流浪去疗伤。

等二哥终于疗伤结束回到家，女主角已经另嫁他人。于是，二哥娶了家中农场的一个姑娘，二哥离开家时，这个姑娘还是个小女孩，但她从小就想做二哥的新娘。小姑娘平安长大到 18 岁，正好二哥在外面兜了一大圈回来，想要找个女人安定下来，可是他爱的姑娘已成为别人的妻子，而从前农场的小姑娘正是花样年华，恰好出现在他面前，小姑娘就顺理成章地梦想成真了。

女主角是个很好的女人，这个 18 岁的女孩也是很美好的姑娘，她的命好，她出现的时机、她的身份，还有另一种意义上的、不拖泥带水、从零开始的无负担的关系。

相比《老友记》罗斯和瑞秋的爱情，《秋日传奇》的故事，才是经常发生的人间真实。所谓缘分，也不过就是这样吧，在对的时间恰巧遇到对的人，一切都是水到渠成。

有些爱情，千难万难，也努力，也追求，也付出，也牺牲，可就是使出了浑身解数都无法在一起。有些爱情，轻轻松松，年龄到了，心态到了，遇到彼此的时间刚刚好，彼此喜欢了，就顺理成章地在一起了。

这样的因果，好像有点不公平。可是爱情，真的是讲公平的吗？一段感情，是你为之付出多少，牺牲多少，用情多真、多深，吃过多少苦，受过多少伤，就一定可以求到一个好结果吗？

现实生活中，我们见过很多这样爱得死去活来的情侣，等到两个人把所有爱情路上的阻碍都解决了，彼此之间的感情也被消耗得差不多了。大风大浪都一起闯过来，最后反倒是某件小事，变成了压在骆驼身上的最后一根稻草，两个人都坚持不下去，关系便彻底结束了。

反过来，水到渠成的情侣，遇见了，相爱了，一切都发生得刚刚好，客观的条件也足够让你们在一起，做决定自然也没那么困难。看上去只相识了很短时间就结婚，好像蛮仓促的，但其实是两个人真的没有那么多困难需要克服，又不恐婚，也不缺钱，家人朋友也祝福，不需要磨合那么久。只是因为真的合适、顺遂，所以没什么可犹豫地就做决定了。

成年人最后做出的选择大多数是这样的：知道在一起生活仅有爱情是不够的，也知道 Hard 模式挑战起来会有多么难，于是也就只能这样。有些事情好事多磨，但磨来磨去也没成为好事，最后就会积重难返。

年轻时谈起恋爱来，个个都是能胸口碎大石的主儿，现在年龄不小了，只想谈不费吹灰之力的、轻松愉快的恋爱。不迷信眼泪，不迷恋痛苦，不再觉得要爱得那么辛苦。不想非得反反复复地折腾、考验，才证明是爱情；也不想谈个恋爱，就搞出那么多人性的考验。毕竟如果真的要一起生活，两个人未来要面对的困难可能很多，太早就被爱情耗尽所有的力气，并不是一件好事。

所以，如果遇不到让人轻松愉悦的、被老天爷祝福的爱情，真的别再搞那些胸口碎大石的活动了，毕竟年纪渐长，搞一身内伤，养起来也困难。还不如对爱情怀抱希望，脚踏实地地过自己舒服的单身生活。然后把自己能折腾的这份能量，留给事业吧，留给赚钱吧，留给学习吧，留给生活的新体验吧，不要再为爱情把自己的人生搞得惨兮兮的了。

不要怕错过什么，错过的都是不合适的，好的缘分如果到了，你不可能不知道。话说回来，如果一段缘分明明是好的，你非要怀疑、折腾、证明，不把自己搞到以泪洗面就无法相信这是爱情，那么你需要的可能不是爱情，而是一个心理医生。

女人不想要什么，才是最重要的

先讲一个流传甚广但可能还没多少人听过的老故事。

亚瑟王有一次战败被俘，敌国的女王答应放了他，但需要他回答自己一个问题：女人最需要的是什么？

亚瑟王虽然对女人的心思一窍不通，但他有一个优点，就是知道去问，他问遍了王国里所有的人，但都没有找到正确的答案。后来，他遇到一位丑陋、肮脏、粗鄙的女巫，女巫说，如果让她和他忠诚的骑士加温结婚，就告诉他答案。加温为了救主，便答应了。

女巫给亚瑟王的答案是：女人最想要的，是掌握自己的命运。回答正确，亚瑟王被放了。

再说加温这边发生的事。新婚之夜，加温回到房间，却发现床上躺着一个绝色美女，那其实是白天肮脏、丑陋的女巫。女巫告诉加温，自己每天有一半时间是女巫，一半时间是美女。她问：

"你想让我怎么倒班呢？"

加温想了想说："既然女人最想要的是掌握自己的命运，那你就自己决定好了。"

结果，加温蒙对了，中了大奖。女巫说："我其实是被施加了咒语，只有遇到真正爱我的人，才能打破它。我现在决定永远做一个美女，陪伴在你身边。"

我小时候读这个故事，觉得如果用这个故事去教育男人，会特别管用。长大后偶尔回想起来，才发现其中不对劲儿的地方。

故事说女人最想要的是掌握自己的命运，这当然是无比政治正确的一句话。但女人要怎么掌握自己的命运啊？自己的命运又是什么呢？

给女人想要的，就是尊重女性，可是女人自己知道自己想要什么吗？每个人一定都会知道自己想要什么吗？

关于这些问题，如果你去问一个女人，她的答案可能是，我不知道；如果你去问任何一个人，他可能也不知道。

我可能想要 A，我可能也想要 B，但其实我都想要。也可能我都不想要，我其实想要的是 C，或者我得到 A 后，又觉得我想要的是 B……

这不就是人性吗？女人不知道自己想要什么，难道男人就一定知道自己想要什么吗？所以说，这事儿其实和性别无关，根本不是所谓"女人到底要什么"的问题，而是任何人要是能明确自己想要什么，不迷茫，不困惑，那将会非常幸福。

后来，我发现了一个窍门。

虽然你可能在一定的阶段，还没有摸索出自己最需要的是要什么，但你一定知道不想要的是什么。因为你不想要而被迫接受的一切，会让你清清楚楚地感受到痛苦。

可能你无法过上想要的生活，但如果能避开你不想要的生活，从某种程度来说，也算是掌握了自己的命运。

所以，与其想知道女人要什么，不如了解女人不想要什么。

女人不想被定义，不想被贴标签，不想被刻板印象所束缚。

女人不想被规定什么时候必须结婚，什么时候必须生孩子。

女人不想被道德绑架而必须为家庭牺牲，必须穿什么，必须做什么。

女人不想由别人来教育自己应该这么做，应该那么做。

退一万步来说，女人不是一个集体，而是不同的个体。女人和男人一样，如果有一件事，这个女人想做，另外一个女人不想做，那就允许不想做的女人不去做，社会不需用为女人专门定制的道德标准来审判。如果社会能做到这一点，就已经是给女人很大的自由了。

所以，"女人想要什么？"这是个伪命题。

女人最重要的，是有说"不"的权力。这才是幸福生活的第一步。

问对问题，才有正确的答案。错误的问题，是永远没有正确答案的。

彼此相爱又彼此喜欢，
该有多幸福啊

你也许听过一句话，"我依然爱你，但我不再喜欢你了"。不知道有多少人和我一样，乍一听就觉得这是句很厉害的话，但它到底是什么意思？却并不是很懂。

后来，有一次和几个朋友聊自己的父母。有个朋友说，她很爱父母，愿意为父母做很多事，哪怕为他们捐肝捐肾都行，但就是不能和他们待在一起超过三天；超过三天就想逃跑，否则就会崩溃。

我突然就想起这句话，对她说，也许你很爱你的父母，只是你并不那么喜欢他们。

无独有偶，我还曾听过一个朋友说起儿子，说自己非常爱儿子，却不喜欢他。我听后非常佩服她，能够这样准确、真实表达自己想法的人，让我惊为天人。

我想，没准很多父母和孩子之间，也多多少少有一点这样的纠结，但都说不清楚这种感觉。还有一些年轻朋友经常问我，到底什么是喜欢？什么是爱？

其实人和人之间的缘分，并非你们是命定的亲人，就注定会互相喜欢。就像我一个朋友，非常不喜欢她哥哥，每次跟我聊起，总说她跟她哥哥其实不熟，"三观"都不一致，什么话说两句就别扭起来。但同时她也说，如果她哥哥出了事儿，她肯定还会第一个去帮助他的；她也知道如果她有事，她哥哥肯定不会不管。

与之相对照的是，有一次我正好和她说起我哥，这个朋友突然停下来看着我说，看来你还挺喜欢你哥的。我说可能是因为我俩星座比较合。

现在想来，我对我妈妈的感情可以完美诠释为既爱又喜欢。每次我和她聊天都能聊一两个小时。虽然我经常忙于自己的生活，但我很喜欢和她待在一起，聊天、看电视或者逛街。

这种既爱又喜欢一个人的感觉，到底应该怎么描述呢？那大概就是，如果我妈妈不是我妈妈，她只是一个与我无关的陌生人，我们偶然相遇认识了，我依然会很喜欢这个人吧。

我爱她，因为她是我妈妈，但我喜欢她，是因为她这个人非常可爱，因为我们观点相投，性格相投。其实，我小时候跟她并不是这么和谐，但好像母女关系处着处着就成了这样子。这大概也是一种福气吧。

人类的友谊，多是从淡淡的喜欢开始，时间久了，慢慢会产生爱。而人世间的爱，却未必都是从喜欢开始。可能两个人相遇，还没真的了解各自脾气秉性，就电光石火地擦出火花，彼此爱上了。然后，在相处中，才发现并不喜欢彼此。

我初恋的男朋友就是我生活中的另一种例子。我刚认识他时，一度很不喜欢这个人，但莫名其妙地被他吸引。直到我们在一起时，我同学还揶揄我说，当初是谁说的，这种男人哪有女生喜欢呀。后来年龄再大一些，自己也懂了，这其实就是性吸引力。

吸引你的异性，有时你并不喜欢，或者让你觉得危险，有点惹人生气，有点厌恶，甚至让你觉得痛苦，但你莫名地就会被吸引。性爱也是爱，可那并不是喜欢。

这样说来，有时我们爱上一个人，竟然是因为他给我们带来的痛苦：太想被他看到了，太想得到他的承认了，太想得到他的垂怜了，太想他只属于自己了……而每次那个人给我们一点点回应，就会让我们分泌大量的多巴胺，产生巨大的幸福感。这样的感觉，有时真的很上瘾。而喜欢则不一样，喜欢是纯粹的，有时也是轻浅的。"喜欢"两个字，反过来就是"欢喜"。

和喜欢的人，总是无话不谈，有许多可以一起做的事，每次想到要见到喜欢的人，总是欢喜的，若是慢慢不喜欢一个人了，离开便是，虽然不舍，但心里不会像被掏空了一般。

"我依然爱你，但我不再喜欢你了"，这又是一种什么样的感觉呢？大概就是你落泪，我会心软；你快乐，我就安心；你有困难，我还是会不离不弃。但我不想再和你聊天，不想再告诉你我今天遇到了谁，看了什么好电影，对正在发生的某个社会新闻怎么看；想到要见到你，也不再开心，甚至还会有点压抑和逃避，因为我和你在一起时已经很久没有感觉到过开心了。

也许你对我也是。

彼此相爱的人，还恰好彼此喜欢，是多么幸运的事啊。而彼此相爱的人，却不再彼此喜欢，又是多么无奈。

人生的遗憾呀，原来可以有这么多的花样呢。

曾经我们爱得像只狗，
后来我们爱得像只猫

英语有个词叫"Puppy love"，意思是像小狗一样的初恋，形容两小无猜的爱情——活泼，单纯，热情，无忧无虑，黏黏腻腻，彼此眼里只有对方。

不知道是谁发明这个词的，真是绝妙。狗狗给人的爱，就是这样的真诚。如果你成为一只狗狗的主人，它的生命里、心里、眼里，一辈子都只有你。它们给你的爱，绝对是这个世界最纯最浓、最至死不渝的爱。

也正是因为这样，我也曾经想养只狗，不过后来因为条件有限，我还是养了一只猫，它叫咪酱。自从它来到我的生活中，我发现猫的爱，完全是这世界的另外一种爱。

我在养猫之前，曾经听人说，猫只会嫌弃人类，不会爱主人。但后来发现，完全不是这样。

咪酱非常独立，不需要我 24 小时都关注它。大多数时间，它会自己睡觉，吃东西，发呆。当我在写东西或看书时，它会静静走过来，躺在我身边，或者趴在我脚边。有时我在厨房忙，它会走到厨房门口，坐在不远处，静静陪着我。

每天我回家，它会来接我，兴高采烈地"喵喵"叫着，挠门口的猫抓板，翻滚肚皮，意思是你回来啦，看到你很高兴。我摸摸它，给它弄点吃的，然后我们就去各自玩耍了。总之，只要我在家，它也是醒着的状态，我就必须在它的视线内，但又不需要我特意陪伴。

有时它也会需要我陪它玩，但玩个十分钟就可以了。我以为它不爱理我时，会发现它不知道什么时候来到我身边陪伴我。我以为自己拥有它时，它却让我知道它并不属于我。大多数时候，它像不存在一样。我不必时时刻刻为它付出注意力和爱，我也知道，如果有一天，我再也不出现了，它也会好好去生活，并把我忘记。

"你来时我当你不会走，你走时我当你没来过。"猫咪天生就能做到。

这让我想起某位前男友曾跟我说，他所认为的最完美的伴侣相处模式，就是大家在一个屋子里，却像根本不存在一样。这很像猫的相处方式，知道对方在自己的世界里是存在的，彼此在感情上是有所羁绊的，但始终是两个个体，彼此保持着一定距离。

当时我年纪尚小，完全不能理解和接受，这还算是爱吗？我对爱情的概念，就是且只能是"Puppy love"（理想化、不成熟的爱）。除此之外，其他的相处方式都不叫爱。

那时候，我认为如果一对情侣不是整天黏在一起，那他们之间就是没有爱了。几年后的某一天，一个年轻的朋友给我讲她恋爱的烦恼，她说和男朋友的日常，就是他在一个房间打游戏，而她在另一个房间看书、写作。

我想起前男友的话，突然明白了他的感受，因为经历了一些岁月，发生了很多事情后，我现在想要的相处模式也变得像只猫一样了。

狗的一生只会像狗一样浓烈炽热地去爱，猫的一生只会像猫一样轻盈散淡地去爱。而许多人和我一样，年轻时曾经爱得像只狗，如今爱得像只猫。

这样的体验，一想到就觉得有意思，幸亏咬咬牙活到了这个岁数。

为人父母，没有退路可言

读到一则新闻，某名校的女博士生跳楼了，女孩的母亲在网上曝光，说女孩是因为博士导师长期对其性骚扰，导致女生严重抑郁。我点开那个母亲的控诉文字，本来心里是准备好了谴责人渣导师的，但没想到看完女孩和母亲的对话，感觉非常窒息。

在聊天记录中，这位母亲一直在劝女儿要忍一忍，因为如果说出去的话，女儿可能就毕不了业，她还担心女儿可能从此没脸见人了。

这让我想起台湾电影《阳光普照》。60多岁的驾校教练阿文和琴姐有两个儿子，这两个孩子就好像白天与黑夜一样，反差极大。大儿子阿豪让阿文很省心，他高大、英俊、成绩优异、温柔体贴，是个完美的阳光大男孩。小儿子阿和则每天惹是生非，让阿文操碎了心，也伤透了心。他干脆跟别人说自己只有一个儿子，甚至连小儿子因为砍人而被判进少年感化院，他都不闻不问，连赔偿被害者的钱都不肯出。

然而有一天，大儿子在洗完澡，把衣服叠好，屋子收拾好后，从自家楼上跳下去了。阿文夫妇百思不得其解，直到儿子的朋友把他临死前发的一条短信给他们看，阿文这才知道，阿豪的抑郁症已经非常严重。

阿豪说，他的世界里没有阴影，他没有地方躲藏。

这大概就是许多好孩子的悲哀和绝望。他们完美、乖巧又懂事，从来不会让父母操心，心中的苦闷从不跟人说，什么都自己扛下来，直到崩溃。

大儿子的死，让小儿子有了很大的改变。他回归社会后，结婚生子，找了正经的工作，每天勤奋地干活。父子俩还是不说话，阿文更是无法忍受和这个儿子同一屋檐下，搬了出来，在公司的客厅借宿。

与其说，他讨厌看到小儿子，还不如说他讨厌看到自己的失败、无能、不知所措。这个小儿子，就是他人生无尽的麻烦。而且他每次看到小儿子，都会想起失去的大儿子，这让他十分痛苦。

后来跟阿和当年一起犯案的小伙伴也出狱了，他忌妒阿和可以重新开始新生活，一步步地逼迫阿和参与违法的事：拉着阿和开枪袭击当地公职人员，然后是运毒。

阿文在新闻里看到开枪的人的身影，认出了那是自己的儿子，也立刻猜到了七七八八，于是他四处借钱，凑了20万去找儿子的朋友，希望他放自己儿子一马，不要再纠缠阿和了。但那个朋友羞辱了阿文一番，他不打算放过阿和。于是阿文请了假，每天蹲守在儿子周围，生怕小儿子出什么事。

直到有一天，那个朋友真的去找小儿子了，他们开着车一起出去，小儿子被逼着去和毒贩子碰面。阿文看着站在雨中等儿子回来的朋友，把心一横，踩一脚油门，朝那个朋友撞了上去。

电影总是把矛盾冲突戏剧化，把人的情感用极端的方式表达出来。在现实生活中，虽然有些父母是没什么胆量的普通人，但当孩子受了欺负，恨不得拼命的也大有人在。

当你成为父母后，你对孩子的这份爱，会让你突然就有了盔甲，同时也有了最大的软肋。从孩子一生下来，你傻乎乎地抱着他，不知道怎么给他换尿布；夜里他哭了，不知道该拿他怎么办。好不容易把孩子拉扯大，有一天，那么好的孩子怎么就得了抑郁症？或者小时候明明很乖的孩子，怎么突然变成一个"坏孩子"了？总是会有出不完的状况、操不完的心。

如果遇到这种事，父母必须做点什么，哪怕终究斗不过命运，但只要你为孩子勇敢过，没有一味隐忍、退让，就比什么都没做要强。

阿文从来没有为省心的大儿子做过什么，因为这个儿子样样都好，他不需要操心。他也早就放弃了为小儿子做什么，因为这个儿子糟糕极了，他觉得自己无能为力。但最后，他还是选择拼尽全力去保护自己的儿子。因为他在对大儿子深深的愧疚中明白，如果他袖手旁观，什么都不为小儿子做，只会悔恨终身。

也许这就是父母吧，他们都不过是一些懦弱的普通人，都在这个世上举步维艰；许多事，他们也是第一次遇到，不知道该怎么办。但当孩子遭难，他们愿意拼命地挡在前面，因为他们知道，如果他们懦弱了，什么也不做，万一孩子真出了什么事，他们一定会后悔。等真想为孩子做点什么时，恐怕就没有机会了。

为人父母这件事，没有退路可言。今天你放弃了，逃避了，总有一天，命运会用更残忍的方式，让你加倍痛苦。

没关系，是爱情啊

　　和朋友聊天，她最近正在热恋中，愤愤地说起自己内心的矛盾：我怎么可能对一个男人这么卑微呢？我不能接受。

　　我说，爱一个人就是会患得患失呀，你把这个男人换成一个女人，只要你深爱对方，你也会这样的。你爱的是这个人，跟他是男人还是女人没啥关系，这就是爱情呀。

　　前几年，《我们心中的怕和爱》再版时，我曾经到一所理工大学去做签售演讲。当天学生会接我的车驶进校园，我看到学校门口的显示屏上滚动的字幕，才意识到当天是平安夜。我心想糟了，这演讲还不得冷场啊。更何况这学校大多数是理工科的男生，未必瞧得上我这种文艺范儿的演讲人。

　　学生会的一位年轻老师接待了我。吃饭时，他问我演讲的题目是什么，我告诉他叫《懂爱的孩子运气不会太差》。没想到那位老师一听这标题，就点头说，学生们就愿意听这个。

可能你无法过上想要的生活，

但如果能避开你不想要的生活，

起码从某种程度来说，

也算是掌握了自己的命运。

我当时还将信将疑，没想到会场人数让我大吃一惊，大阶梯教室里满满当当地坐了300多个学生，过道也站满了人。其中百分之九十都是年轻的男孩，我做过很多活动，从来没见过这么多男孩。我讲的内容他们真的感兴趣吗？我心里有点打鼓，但还是镇定下来，开始给他们讲人和人之间的感情，讲如何去爱别人。当然，也包括如何去谈恋爱，如何让自己心爱的女孩明白自己的心意。

　　我这辈子都难忘当时的场景，300多个小男生，听我谈论人间的情感。他们年轻的脸上呈现出的表情，简直比我当年在中学教英语时学生的表情还困惑。我对着这些听蒙了的小朋友讲了一个多小时。

　　当我给他们讲，人要怎么区分情侣之间是性政治的关系，还是互相爱慕的关系时，我举了个例子。我爱我的男朋友，我想让他开心，想关心他，所以我想办法做他喜欢的东西给他吃。换成另外一个我不喜欢的男人，他的喜怒哀乐我都不在乎，我绝不会为他做这样的事。这就是爱。

　　但如果因为我的身份是一个女人、一个妻子，社会舆论要求我有责任和义务为我的丈夫做饭，那么我的丈夫是谁都不重要。我嫁给了任何一个男人，我都有义务为他做饭，这样的要求，叫性政治。觉得女人伺候男人是天经地义的，这就叫性别歧视。

　　圣埃克絮佩里在《小王子》中说，如果有一个人爱上在这亿万颗星星中仅有的一朵花，这人望着星空的时候，就会觉得幸福。

如果一个妻子觉得，在全世界、全宇宙，只有我会为你做这件事，这是我对你的爱，那么她给丈夫做饭的时候一定是感到幸福的。

可是如果一个丈夫觉得，你为我做这些，只不过因为你是女人，是一个妻子，妻子就应该伺候丈夫，那么妻子当然会很伤心，她因为爱他，把他当成一个与众不同的人而为他做这么多。而在丈夫的心中，却只有性政治，她不是那朵特别的玫瑰。他根本没有体会到她的爱，认为她和别的女人没有区别，她为他做的事都是应该尽的义务。

就像荣格所说，真正的爱是十分具体的，它只会发生在个体和个体之间，而不是发生在两个名词之间、两个标签之间。所以，爱一个人，当然会患得患失，会低到尘埃里……

但这真的没关系，这和一切主义都没关系。就像一首歌唱的那样："他们住在高楼，我们淌在洪流，不为日子皱眉头，答应你，只为吻你才低头。"

这就是爱情的样子呀。

如何识别家暴男

经常有姑娘问我，如何在婚前识别会家暴的男人。据我这么多年的观察，有一个特别简单的方法，就是拿一个社会新闻来跟他讨论。

比如有一年，某市地铁发生了一件暴力事件。一个姑娘和一个老头在车厢里吵了起来，老头骂姑娘女流氓，并且动手打了姑娘一个耳光。姑娘立刻变得情绪激动，挥舞着手中的雨伞。这时候一个瘦小的保安走了过来，要求姑娘下车。

此时，姑娘已经停止挥舞雨伞，转而和保安理论。但保安突然暴起，冲上去一把横抱姑娘，将她拖拽到车厢外。由于是夏天，姑娘穿着裙子，保安的拖拽导致姑娘在大庭广众之下衣不蔽体。

这件事在当时引发了很大争议。其中有一种言论，是不断强调这个姑娘有错，说她先影响了列车的行驶安全，和保安争吵，才会遭到这样的对待。

后来我就说，姑娘们可以拿类似的社会事件去和男性讨论，但凡这样说的男人，基本上都是潜在的家暴男。因为这就是家暴男的底层逻辑：我不是无缘无故就打你的，我之所以打你，是因为你犯了错，你惹了我。打你是有原因的，所有的责任都归于你，不然我为什么不打别人，就只打你？你不犯错不就不会挨打了吗？你听话不就不挨打了吗？

每个家暴男在家暴之后，都能数出妻子的罪状：我打女人是不对，可是因为她有错在先，我控制不住自己情绪才打她的。

但其实，家暴男打人的真正原因只有一个，那就是女人比自己弱小，根本打不过自己。自己打了这个女人，她根本没有能力还手。

那些口口声声说，在地铁上说话声音大就该被拖出去的大男人，他们坐地铁时，但凡身边有个戴金链子的大哥大声打电话，他们真的会动手维护内心所谓的正义？不也是忍了吗？

所以根本不需要等谈恋爱到一定阶段，挨过一巴掌，对方又是下跪又是道歉时，才发现对方有家暴倾向。在刚刚认识，还没有交往时，聊聊社会话题，观察一下他怎么对待生活中类似的事件，就能够看得出来。

但凡持有这套逻辑的男人，我都劝姑娘们交往起来要三思，否则有一天他动手打你，可能会怪你太唠叨，不会干家务，怪你不听话，总出去玩……总之，打你都是有原因的。

这个办法用来分辨家暴女，也同样适用。可千万别觉得女人就没有家暴的倾向，大多数女人确实打不过男人，但她们可以打孩子啊。我们看到一些老师拿针扎孩子、打孩子、逼学生吃苍蝇的新闻，那些老师也有类似的逻辑：你要是像别的小朋友一样乖，不犯错，让我省心，我会拿针扎你吗？但其实，她之所以拿针扎孩子，是因为孩子和她比起来是弱小的，根本没有还手能力；并且很多孩子慑于老师的权威，也不敢和家长说。

关于这件事，有一个读者给我的留言特别好。她说她老公有一次跟孩子发脾气之后反省：其实我们也不能说被孩子气得情绪失控，之所以情绪失控是因为知道他对抗不了我们。有几个人会随便对老板情绪失控，对投资人，对客户，对各种利益相关的人情绪失控？不都是忍无可忍，重新再忍？

我们都是人，都可能有欺软怕硬的潜意识，但像这个读者夫妻俩的这种悟性和自省精神，就是孩子最大的福气。

村上春树曾经说过："在高大坚硬的墙和鸡蛋之间，我永远站在鸡蛋那方"，因为"这堵墙实在太高太坚硬，在不明真相之际，如果我们不站在鸡蛋一边，鸡蛋立马就被撞碎了"。

而家暴男的逻辑是，当你拿一个社会新闻去和他讨论时，你会发现，在不明真相之际，他总是站在墙的一边，去帮助墙把鸡蛋撞碎。如果一次两次这样，可能还只是偶然，但如果一直是这样，那么他们就是恃强凌弱了。

这种人，当他们有机会时，一定会在弱者身上踩上一脚。所以十个有九个，会干出家暴的事来。

特别提一嘴，这样的女性也不少，哪怕是她表现出云淡风轻的姿态，但只要她本人认定了这种逻辑，就早晚会在发现你好欺负之后，找到办法明里暗里地霸凌你。我个人的一个原则，就是坚决不和这种人来往。别说婚嫁，我是连朋友都不会和他们做的。

索求来的爱，填不满匮乏的心

　　一个生了二胎的朋友跟我诉苦，她的大女儿今年 9 岁了，小儿子只有四五岁。因为老二很皮，一会儿不看着就会出状况，很耗费她的精力。所以，她会不自觉地对儿子关注更多。这就导致大女儿总觉得母亲偏心自己的弟弟。

　　大女儿倒是十分懂事，作为姐姐，一直都很谦让弟弟。但朋友渐渐发现，不知道打什么时候开始，每天晚上当她把两个孩子都安顿停当，准备睡觉时，大女儿就会跑来找她，要求和她聊聊。一般就是聊学校的事、小朋友之间的矛盾，总之都是些不开心的事，小姑娘说着说着就开始哭，当妈的也只好哄着女儿，一聊就是半宿。

　　而且奇怪的是，女儿还不肯找爸爸，哪怕爸爸在家一整天，女儿也要专门找她。朋友在一所中学当老师，第二天还要早起上班，被女儿这么闹腾，着实受不了，于是问我有什么解决办法。

我说这是小姑娘希望得到妈妈的爱和关注呢。朋友说她也感觉到了，她其实很爱女儿，也跟女儿不断表达过妈妈爱你，可不知道怎么才能让女儿心理平衡一些。毕竟儿子年纪小，不太让人省心，这也是客观事实。

我想了想说，你可以试着安排和女儿单独的约会，创造一些只有你俩相处的空间。比如你每天跑步时可以带上她；或者两个人一起去玩一些女生专属的项目，不带弟弟，也不带爸爸。在这段时间里，你要做到不谈论儿子，也不谈论其他人，全部注意力都放在女儿身上，只关心她，爱她，就好像她是你唯一的孩子一样。

从心理学上来讲，陪伴就是爱，但陪伴的质量要远比陪伴的时间更重要。父母和孩子在一起几个小时，如果父母一直都心不在焉地刷手机，那这样的陪伴还不如认真专注地陪孩子玩哪怕半个小时，然后剩下的时间你就去专心做自己的事。

另外，不要等孩子来向你提要求，主动地去关爱孩子也非常重要。如果父母能够主动地去陪孩子，可能一个小时的陪伴就足够了；但如果是孩子来向父母索取关注，那常常是你给多少，她都嫌不够。因为在她幼小的心里，她也知道妈妈的回应是自己讨来的，如果她不向你讨要，你就不会有回应。所以你明明已经回应了，在她的感觉中却更像是敷衍，她依然不能从你的回应里得到真正的安全感。她会不停地要，因为如果她停止索取，你就会停止回应，这会让她觉得匮乏。

其实不限于亲子关系，任何亲密关系中，如果一方能够主动地付出和专注地陪伴，都会更容易让对方感受到爱和安全感。从付出的这一方来说，主动去付出爱，也比被索取时被动地付出爱，更有效率和更省力气。

主动地付出，常常只需要使出十分精力，就能够让对方感到你的爱，但是被动付出的话，常常是做了很多，都填不满对方匮乏的心。

不过成年人的关系会更复杂，因为很多人的匮乏感，其实是父母在其童年时期造成的。所以如果一个人太缺爱，可能就需要伴侣下很大的决心去主动呵护了。

或者有些人因为原生家庭造成的匮乏感，已经超出恋爱能解决问题的范畴，伴侣给他再多的爱，也无法填满一颗满是破洞的心，这就需要专业的心理咨询师去帮助他进行个人成长了。

偶然想起这些，分享这两点小窍门，希望对二胎的宝妈宝爸们有用，也希望对爱而不得法的朋友们有用。

乖孩子的一万种
"报复"父母的方式

在直播间和读者聊原生家庭如何对一个人的性格产生一生的影响，我们说到了某位被封杀的女明星。许多人都觉得她本人非常作，但一直以来，我都有一种感觉，可能是她的潜意识里有某种驱动力，让她故意这样做的，或者说她的某种潜在人格一直在暗暗怂恿她去做一些自毁前程的事情。而这种潜意识，可能是她自己的理性一直没有察觉到的。

我曾经仔细研究过这个女明星的成长经历。不得不说，如果从父母的角度来看，她算是一个很听话的好孩子。从小到大，她都听从父母的安排，和父母的关系绑定得非常紧密。从严格意义上来说，她并没有经历过心理学上所认为的孩子普遍都要有的叛逆期，在这个阶段，青少年需要和父母划清界限，确立自己作为一个独立的人的边界。这是痛苦的，但也是必须的。

而这位女明星在青少年时期，没有完成这个心理成长。可以说，她从来没有割断脐带，做个真正的大人。她的父母一直牢牢控制着她，她的妈妈甚至说过希望和她互换身体一年这种话。所以，她的潜意识里也许有某个自我，会不自觉地去破坏父母塑造的那个乖女儿形象。直到那个乖女儿真的彻底被她给毁了。

　　也许大家觉得这对于她来说是件坏事，但我觉得这可能反倒是她重生的开始。她确实受到了教训，她父母也被打击得够呛。我们当然可以说，她是把一手好牌打得稀烂，但其实这种自毁，可能也正是她想要的。

　　大家还记得那个视频吗？一个男孩和母亲吵了两句，拉开车门冲出去就跳桥了。还有那个在学校被母亲扇了一个耳光，转身就跳楼的男孩。发生这样的惨剧，当然可以说是少年情绪不稳定所导致的，但另一方面，这冲动里也有他们想用结束自己的生命来"报复"父母的心理。

　　虽然是一时冲动，但孩子想这么干，可能已经很久了。我曾经听过一句话："这世界没有父母能改变孩子的，只有孩子能改变父母。"某些控制欲太强的父母，以为自己手里握有对孩子的支配权，可以把孩子拿捏得死死的，不尊重孩子，也不给孩子一点自由，这对亲子关系和孩子的成长是十分不利的。

　　在青少年需要做自己的人生阶段，如果父母不允许他做自己，不允许他以自己的身份在这个世界存在，只允许他做父母的儿子或者女儿，那么孩子激动起来，就会用结束自己生命的方式来"报复"父母。父母自以为控制得很完美的世界，也许有一天会以某种意想不到的方式崩塌。

还有一些孩子，天性里没有那么暴烈的成分，在和父母的关系中，父母总是有本事把孩子牢牢地控制住。当孩子想反抗时，大人也是不费吹灰之力，就可以把他们治得服服帖帖的。但这样的乖孩子，虽然看起来很温顺服从，不像性子刚烈的孩子那样容易走极端，可在长大后，他们往往会用连自己都没意识到的方式，在不知不觉中去"报复"父母。他们不会自杀，不会从肉体上毁灭那个父母的乖孩子，他们可以用一万种方式、一万种花样从精神上毁掉父母的那个乖孩子，或者是毁掉父母为这个乖孩子计划好的一切，毁掉父母的骄傲、成功。

所以，那些一直认为自己已经成功地控制了孩子的父母需要明白的是，在这场抗衡中，父母终究赢不了。不尊重孩子，最后一定会付出惨痛代价。也许有一天，他们创造的那个引以为傲的世界，自以为牢牢控制着的生活，会以某种他们意想不到的方式坍塌。

为什么追究原生家庭的问题
反倒让你更痛苦？

　　一个年轻人向我提了个问题，他说他每次讨论原生家庭给自己带来的一些问题时，都觉得是在指责父母。他也知道，父母有老一辈人的局限性，他们也并不容易。这就让他产生一些自我攻击，反倒让自己更痛苦，所以他很怀疑心理学总是让大家去讨论原生家庭的问题到底对不对。

　　这恰好是我思考过的一个问题，以下是我的答案：

　　首先，我觉得讨论原生家庭中父母的养育方式给我们带来的心理影响，这一定是对的。其中的原因，已经有无数心理学大师、心理学书籍给大家讲过，我就不再反复讲述了。我想说一些很多心理学书籍没讲清楚的，那就是，许多人在讨论原生家庭问题时，分不清归因和归罪的区别。如果我们想通过探讨原生家庭让我们的未来有更积极的意义，而不是破罐破摔，放任自流，这个区别是必须搞清楚的。

我们需要明确的是，探讨原生家庭的问题和影响，是为了要去归因，而不是为了归罪。

归因，是讨论事物之间的因果关系。它属于理性和逻辑的讨论范畴，不带太多情绪和感情色彩。如果你是在归因，就是在试图去理解一件事情的因果关系。不管是大事儿、小事儿，性质上终究还只是个事儿。作为成年人，我们把它当个事儿去理解、解决，就行了——我知道了，哦，是我的家庭、我的父母这样的因，造成了我人生现在这样的结果。我会想办法找到这个原因，看清楚它是怎么在我身上起作用的，看有没有办法去改变这个我并不满意的结果，尽量做出更好的选择。这样的话，你就会有一个不一样的心态。而且，如果你能从因果关系来看自己的原生家庭，你的理智会让你觉察到，父母是你的因，但他们也是他们原生家庭的果。你会更客观地去观察他们，也观察自己。

归罪，则是把你人生所有的不幸，都归罪给父母。自己是一个彻头彻尾的受害者，他们是造成你一生不幸的罪人。罪人不像因果关系那样是个事儿，而是个人。当你把人生的不幸都归罪于人时，你想解决什么呢？你再怎么归罪他们，也不太可能对他们只剩下仇恨，你对他们依然有感情，有依赖。

从心理学上去探讨原生家庭的问题，去找出父母教育我们的那些缺失之处，是为了找到原因以及理清从原因演变成结果的这个过程。然后寻找解决问题的方法，让人往前走，而不是归罪，让人陷入仇恨中，彻底地失去未来。

而且持归罪论的人之所以会非常强烈地谴责父母，首先是因为他已经完全否定了自己，认为自己没有能力、也不值得去过更好的人生。所以，他需要让父母也感受到同样的痛苦，去承担自己人生不幸福的责任。

他需要有人能够和自己一起分担痛苦和不幸。这当然不能说是错误的，问题是它不能改变现状。

再多说一下归因吧。其实世间万物之间，并不都是一因一果的。大多数情况是一因多果，或者一果多因，甚至是多因多果。

举个例子来说明理性归因的好处，比如从小被家暴的孩子，他们长大后，有暴力倾向的概率非常大。原生家庭确实是让这个孩子有暴力倾向的一个因，但即便是这样的一个因，也可以结出不同的果。因为暴力也是有邪恶和正义之分的，比如同样有暴力倾向的孩子，长大后，有的人去行凶作恶，有的人则选择接纳自己的暴力倾向，去做警察，去做军人，甚至可以去打拳击、练武术等，找一个安全的渠道，把自己的暴力倾向释放出来。

这就是同一个原因的两种结果。你知道自己有暴力倾向的原因，虽然无法改变它，但依然可以有不同的选择。

我们去寻找原因，归纳原因，既不是为了否定自己，也不是为了责怪父母，而是为了接受自己，面对现实。然后去寻找办法，做出一些选择和改变，为了将来把生活过得再好一点。

生命是父母给的，但人生毕竟是自己的，总得自己想点办法，对不对？否则，只会反反复复地去怪罪自己的父母，自己不做任何努力，那样的人生，才是毫无指望的人生。

但反过来说，如果无视原生家庭的因素，逃避问题，从不探索，就那么浑浑噩噩地活一辈子，都不知道自己到底是怎么回事，那也真是对不起自己遭过的罪、受过的苦了。

妈宝男的两种经典款媳妇

　　著名歌手离婚后被前妻爆料写小作文。在文章里，前妻控诉自己给歌手家生了三个娃，为了他和家人的喜欢，完全牺牲了自己的发展，现在却被一脚踢开。因为婚前协议，前妻多一分钱补偿都拿不到。

　　这位歌手是出了名的妈宝男，哪怕已经是三个孩子的父亲，挣的钱、买的房还都在自己妈妈的名下。而当初歌手和前妻结婚时，歌手的妈妈是很喜欢这个儿媳妇的。这其实是因为她的这种性格是妈宝男最容易找的那种媳妇。

　　通常来说，妈宝男最容易找两种经典款媳妇。

　　一种是特别乖、逆来顺受、具有传统女德的女孩。妈宝男的妈妈会严重干预儿子的恋爱婚姻，儿子太过顺从，就会听妈妈的话，找一个妈妈喜欢的、看得顺眼的女孩结婚。

　　而妈宝男的妈妈，通常会给儿子找一个什么样的女孩呢？当然是比自己弱势很多，永远得不到儿子的心，永远是个陪衬，而且什么都争不过自己的女孩呀。

当年歌手和他的前妻是闪婚，当然是经过了歌手妈妈的首肯。前妻不过是个相貌平凡、性格乖巧的素人，最重要的是和歌手比起来，她各方面的条件都差很多。但也正因为她这样的弱势、地位名声不匹配、好欺负，所以一定是个听话的姑娘，这样的媳妇娶进家门，当然是婆婆依旧占据着家庭主导的话语权。婆婆可以帮他们持家，继续控制着儿子，甚至继续掌握着儿子的财政大权。所以，这种乖女孩是好多妈宝男的妈妈会替儿子选择的媳妇。

特别有意思的是，如果是妈宝男自己选择，很容易会找一个非常强势的姑娘，他会不自觉地找一个和自己母亲性格非常相像的女人——这是另一种经典款媳妇。这种媳妇很有主见，争强好胜。在这种情况下，妈宝男会完全听媳妇的，媳妇的权威代替了妈妈的权威。

从女孩的角度考虑，也是成立的，好多性格十分强势的女孩，特别容易找妈宝男，因为她们想找一个对自己言听计从的男朋友。这样乖的男人是谁培养出来的呀？当然是那个很厉害的婆婆咯。

娶了这款媳妇的妈宝男，一旦碰到婆媳矛盾，会经常把媳妇直接推出去，和自己的妈妈对抗。想让他替媳妇挡事儿，出头，那是绝对不可能的。这种妈宝男在潜意识里想反抗和摆脱自己的妈妈，但他做不到，所以想找个强势的女人，替自己去和妈妈对抗。于是，两个强势的女人会展开对决，妈宝男夹在中间装聋作哑。最后谁更强，谁赢了，他就站到谁的一边去。

不过话说回来，妈宝男也绝不是一无是处。恰恰相反，在妈宝男里出现优秀男孩的概率，其实是很大的。

男孩从青春期开始发育，荷尔蒙旺盛，性格叛逆，可能会和父母关系紧张，在外面打架，谈恋爱……这些都是在不断地自我消耗。而妈宝男因为很听妈妈的话，青春期的时间都用于学习、练琴，培养其他技能才艺之类的事情上。他们早早就接受了妈妈为自己选择的人生方向，做妈妈给自己规定的正经事、规定动作，很单纯也很坚定地前进。在青春期就已经把打架、谈恋爱、和父母闹离家出走的男孩甩出了几条街。

在妈宝男的背后，是一个成年人在用头脑和理性为他策划一切，监督他，指导他，而他又比较乖，十分配合。所以，这种妈妈确实更容易培养出业务能力很强、很优秀的男生。但也正因为如此，等妈妈当了婆婆时，会允许另外一个女人来摘果子吗？最后婚后家庭生活一定会演变成两个女人之间的战争。这样的婚姻，大多是没有好结果的。

大灵魂是怎么"吃掉"小灵魂的

第 76 届戛纳电影节，获得金棕榈大奖的《坠落的审判》，是我这些年看过的，讨论婚姻关系的电影里最好的一部。它好就好在，它讨论的是婚姻，但是其层次之丰富，要远远大于对两性关系的探讨。

作为一个写作者。当我在观赏这部电影时，我会习惯性地想到我们搞创作的人都注定会面临的一个千古难题，我管它叫大灵魂和小灵魂的问题。

简单地说，亲密关系里的两个人，未必总能保持势均力敌的平衡关系。大多数的夫妻，都会有强弱的差异，这个强弱不仅是阶级出身，收入等客观因素的对比，还有性格，心理能量等等内在因素的对比。

抛开阶级、收入这些外部客观差异不谈，只说人格上的。有的人是太阳型人格，有的人是月亮型人格，有的人天生是大灵魂，有的人则是小灵魂。有些关系中丈夫是这个强者，有些是妻子。

可能在很多夫妻那里，这种灵魂上的强弱差距，对夫妻关系产生的影响还没那么明显。但是在同样搞创作的一对夫妻里，特别是两个人完全是同行，比如同样都是作家或者艺术家。那么身为小灵魂的那一方，常常就很容易会被大灵魂的一方给"吸光"或"吃掉"。

为了更好地让大家明白，这种强弱关系更多的是创作者个人心理能量的对比。我以卡森·麦卡勒斯的故事为例，因为她简直就是《坠落的审判》的原型人物。

卡森·麦卡勒斯是个音乐天才，当年拿着妈妈给的钱去纽约本来是要学钢琴的，但是她到了纽约后就改主意了，决心当个作家。

那时候她就遇到了她丈夫，两个人关系进展得很顺利。于是两个年轻人商议好。结婚之后由两个人轮流来承担养家的责任。先是由卡森·麦卡勒斯全心写完作品，她丈夫打工赚钱养家。然后再换岗，她丈夫回家写作，麦卡勒斯去赚钱养家。

这是不是一个特美好、特平等的想法？两个人是打算同甘共苦一段的，毕竟新作家，写出作品四处投稿，无人问津才是常态。

没想到麦卡勒斯写的第一本书，一稿就投中了。紧接着就有作家协会资助她写作，在这种情况下，她自然也要乘胜追击，不可能在这个时候中断写作，去工作赚钱养家，换丈夫写作了。

再然后，就压根没有换岗这回事了。总之，一来二去，她的丈夫很长时间没写出东西来，而且麦卡勒斯一直风流事不断，最后两个人就离婚了。

但是，离婚之后，她的丈夫依然还是没写出什么像样的东西来。

麦卡勒斯在过了几年十分自由的生活后，对前夫旧情难忘，觉得他还是不错的。就又去找他，要求复婚，前夫完全没有办法抵御她的魅力，被她拿捏得死死的。

可即使复婚了，麦卡勒斯还是那个麦卡勒斯。她的丈夫精神上也非常痛苦，就跟麦卡勒斯建议，不然咱俩一起死了算了。麦卡勒斯拒绝，最后丈夫自杀。

再比如罗丹和卡蜜儿·克劳岱儿。卡蜜儿是个天才少女，看过她作品的人都会被她的作品所震撼，她本来是可以成为大师的。可惜她 19 岁时遇到罗丹，做了大师的情人，就要给他当模特，照顾他的生活起居，替他打理杂务。还要跟罗丹、罗丹的女友纠缠不清，结果艺术家最好的出作品的年纪，就这样蹉跎了。

还有费·雯丽。她得过两次奥斯卡最佳女主角，可就因为她的丈夫劳伦斯·奥利佛认为电影不是真正的艺术，只有戏剧，特别是莎士比亚的戏剧才算是真正的艺术，于是这位天才女演员演艺生涯的大部分时间都在演舞台剧，一生只给我们留下了 20 部电影。她最后还被劳伦斯·奥利佛抛弃了。

这种大灵魂"吃掉"小灵魂的故事，在写作和艺术的圈子里比比皆是。这类事情在我自己身上也险些发生，我没被大家伙"吃掉"，只是因为命运使然。但是我看过再多传记，对于大灵魂具体是怎么"吃掉"小灵魂的细节，还是缺乏想象的。因为严肃认真的传记学者，是不会去杜撰那些夫妻间对话的。而对此，《坠落的审判》给了我一个非常具象的呈现。

电影中的女主角绝对是这对作家夫妻里的大灵魂。这种人有一个共性——非常善于成全自己，永远不道歉，永远不会觉得愧疚，也不会说感恩之类的话，她会利用她丈夫对孩子的愧疚操控他的情感。这个特性在她和丈夫吵架的一段情节中体现得淋漓尽致，她强大的心理优势把她丈夫碾压得一败涂地。

说实话，我看这段的时候是非常同情丈夫的，这是对一个写不出来东西的作家的同情，也是对一个小灵魂的同情。

一方面我当然知道写不出东西来，不能完全甩锅给妻子和孩子，另一方面，家务琐事让人无法写作，这也是个事实。但归根结底，是一个人真的被家庭耽误了，还是这个人潜意识里逃避进了家庭，这是很难区分得特别清楚的一件事。

我既能代入丈夫的角色，也能代入妻子的角色。我想如果是我，我可能会采用的方法，就是坐下来，去帮丈夫分析他的心态，安抚他的情绪。但是女主则完全不接招。她是真的能控制自己的情绪，完全不会被对方牵扯进去。

看完这个电影，我恍然大悟。这种大灵魂的人是怎么一点点蚕食掉小灵魂的。

在法庭上，检察官读她的书，其中一段写道，当丈夫喋喋不休地抱怨、倾诉时，她没有觉得他可怜，只觉得他很烦，希望他赶紧消失。

我想也只有写东西的人才能明白，同样作为一个作家，她的丈夫听到另一个作家——这个人还是自己的伴侣——对自己说这些话，会受多大刺激。

这揭示了人生的一个真相，就是那些大灵魂，不分男女，在面对你的情绪时，他们根本不接招。他们永远不道歉、不内疚、不被你的情绪带着走，直接全部反打回去——你休想来消耗我。他们只会把他们的精力、时间和思想全部用在自己身上。而那些凡事要先成全自己的大灵魂，最后常常真的成全了自己。

像我这种性格的人，会特别容易吸收对方的情绪，然后坐下来陪伴对方，如果是处于关系中，我绝对是非常容易被对方消耗的那一个。

这是人天性里的特质，要改变难如登天。只是大家现在也都成熟了，碰到这种大灵魂，可以选择赶紧远离。或者如果真准备进入一段亲密关系，会找个不那么消耗自己的人，要不就不找同行，否则就容易被耗光，什么都干不了。

但是同时，作为曾经关系中的小灵魂，我也要认真地说一句：大灵魂都是非常有魅力的，让人不知不觉地就想靠近，这也不分男女。人"慕强"的心态，也是骨子里的，包括我自己。

在《坠落的审判》中，妻子说他们的夫妻关系不是大家想象的那样只有争吵。这肯定是真的，因为她的灵魂太强大、太有魅力了。而且我相信这个丈夫也是深爱女主人公的。

因深爱而无法自拔，但又非常痛苦，丈夫的小灵魂被妻子的大灵魂深深吸引，于是在矛盾纠结中，小灵魂就这样被大灵魂"吃掉"了。

妈妈的孤独，真的不能赖社会

一位号称"老年女性养老金收割机"的网红被封号后，社会舆论一片哗然。一个年轻读者跟我说，特别反感这个网红，要是自己的妈妈喜欢这个网红，她完全无法接受。我说，我和我妈妈也都不喜欢这个网红，但如果我妈妈说喜欢她，我想我首先会问问她喜欢什么，试着去了解她的感受。

现在流行一有发生什么事情就找社会的原因，比如政府管理不善、社会风气不好。但说到底，"社会"是一个抽象的概念，社会到底是什么，首先是一个人身边最亲近的人际关系，然后逐步向外延伸。

对于我们的妈妈来讲，构成她的社会关系的，首先是身边人，她的老公和孩子，然后是亲戚朋友，而不是陌生的网友。

然而，现在大家一说到社会，往往默认的一种逻辑，是一个非常空泛遥远的概念。很多人并不把自己当成社会的一分子，更不觉得自己对身边的亲人负有具体的社会责任，而是绕过自己，去谴责他人。

网红骗养老金的事件发生后，引发了很多讨论，老年女性的精神和生活状态都十分孤独，所以才容易上当受骗。然后，再次谴责社会对她们太过冷漠，关心不够。空洞的、泛泛而谈的"社会"两个字，再次成为罪魁祸首，但它真的就是一个词而已。

这让我想起我的朋友绿妖老师，她这些年来都在做一件事，就是陪妈妈看电视剧。绿老师的妈妈爱看电视剧，她不仅会给妈妈推荐一些电视剧，而且愿意坐下来陪着妈妈一起看。有时候，她会在我们的群里问，最近有没有什么好看的国产电视剧？我们的朋友邦妮是编剧，看的比较多，就会给她推荐。

我是看她们的讨论，才知道老人是不喜欢看美剧和日剧的，因为需要看字幕，老人眼睛不好，看着会比较累。另外，在文化上也有隔阂。她们喜欢看国产剧，也因为可以边干活边听，出去干点家务也不需要按暂停，回来接着看，不至于跟不上剧情。

绿老师会跟我们说她妈妈比较喜欢哪种剧，不喜欢哪种剧。有时候她出差在外，邦妮给推荐了一部好剧，她也会先不看，等着陪妈妈一起看。

可以拿来和绿老师做法对比的，是我自己以前的做法。我喜欢看美剧、日剧和电影，从前压根不看国产剧，而且年轻时甚至有些很瞧不上。我妈妈和绿老师的妈妈一样，也很喜欢看国产剧，当初她来北京和我住在一起时，经常一个人看电视，而我就天天忙活自己的那点事。

其实她想和我聊天，但又找不到共同语言。有时候她在看电视，我在电视前停留了一下，她就开始给我讲电视剧的剧情。我就打断她，让她别给我讲，四十集的电视剧，我前面都没看，哪里讨论得来。

我当然很爱她，经常把我喜欢的电影介绍给她，比如拉着她去看《哈利·波特》，买《色戒》未删减的版本来给她看。我父母都是文艺工作者，他们的思想水平是有深度的，只是不时髦，不那么紧跟时代。

我回想时，才感受到我妈是非常喜欢和我聊我关注的事情的，她希望能够跟上我，融入我的生活。所以，我给她推荐的电影，她都会尽量看看。但有时候，事情是相互的，单方面的努力也很累，她在有意识地跟上我，其实我也应该多陪陪她，看看她喜欢的东西。但当年我实在是太不成熟，太过自我，没有足够的悟性去换个角度理解这件事，照顾她的感受。

我想大多数人对待妈妈都是像我这样，很爱妈妈，也很想把好东西介绍给妈妈，但很少能做到像绿老师那样，先问问妈妈喜欢什么，再按照她喜欢的给她推荐，按照她喜欢的做调整和挑选，并且能真正坐下来，耐心陪伴她。说实话，我们有时在工作中对待老板、对待甲方，都比对自己的妈妈好，都能做到这些。

朋友是自己的镜子，我很庆幸自己有这么心地慈悲又温柔的朋友，看她们怎么做，反观自己，我也学到很多。

一个人是一座岛
YIGEREN SHI YIZUODAO

图书在版编目 (CIP) 数据

一个人是一座岛 / 水木丁著 . -- 桂林：广西师范
大学出版社，2024. 9（2024. 11 重印）. -- ISBN 978-
7-5598-7305-7

Ⅰ . I267.1

中国国家版本馆 CIP 数据核字第 2024QJ2823 号

广西师范大学出版社出版发行

广西桂林市五里店路 9 号　邮政编码：541004
网址：http://www.bbtpress.com

出 版 人：黄轩庄
责任编辑：吴赛赛
装帧设计：尚燕平
内文制作：张　佳
封面 / 内文插画：鹤　王
全国新华书店经销

发行热线：010-64284815

山东韵杰文化科技有限公司印刷

山东省淄博市桓台县桓台大道西首　邮政编码：256401

开本：850mm×1168mm　1/32

印张：9　插页：8　字数：177 千

2024 年 9 月第 1 版　2024 年 11 月第 2 次印刷

定价：59.00 元

如发现印装质量问题，影响阅读，请与出版社发行部门联系调换。